U0909880

少年海的漫长回家路

陈小台 著

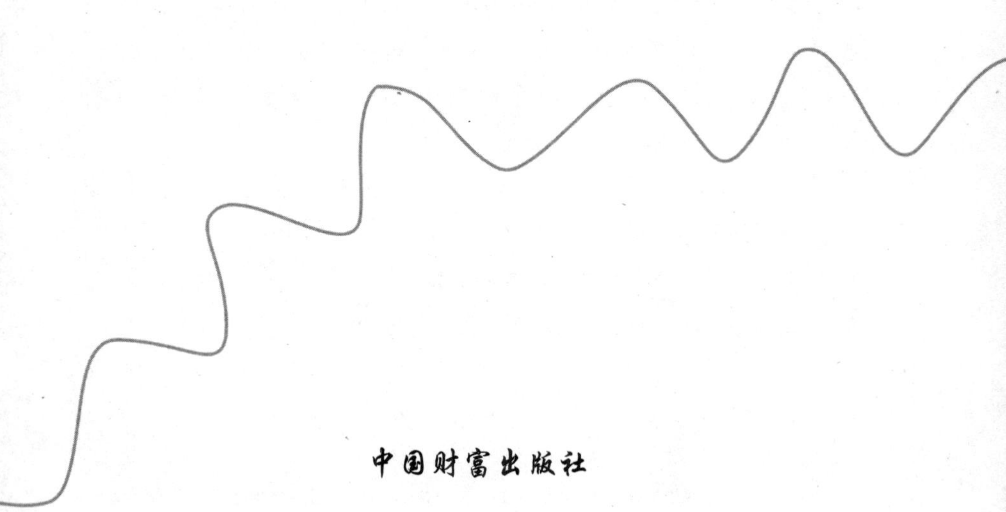

中国财富出版社

图书在版编目（CIP）数据

少年海的漫长回家路 / 陈小台著. -北京：中国财富出版社, 2019.7

ISBN 978-7-5047-6976-3

Ⅰ.①少… Ⅱ.①陈… Ⅲ.①中篇小说-中国-当代 Ⅳ.①I247.5

中国版本图书馆CIP数据核字（2019）第135710号

策划编辑 李小红 **责任编辑** 齐惠民 李小红

责任印制 梁 凡 **责任校对** 张营营 **责任发行** 董 倩

出版发行 中国财富出版社

社　　址 北京市丰台区南四环西路188号5区20楼 **邮政编码** 100070

电　　话 010-52227588转2098（发行部） 010-52227588转321（总编室）

010-52227588转100（读者服务部）010-52227588转305（质检部）

网　　址 http://www.cfpress.com.cn

经　　销 新华书店

印　　刷 廊坊市海涛印刷有限公司

书　　号 ISBN 978-7-5047-6976-3 / I·0300

开　　本 880mm×1230mm 1/32 **版　　次** 2020年3月第1版

印　　张 5.25 **印　　次** 2020年3月第1次印刷

字　　数 104千字 **定　　价** 28.00元

一个少年在抗美援朝战争中传奇而浪漫的经历，一首扣人心弦的青春之歌。

目　录

第一章　飞鸟的天空

天空灰蒙蒙的，浓密的云飘在空中，几只不知道名字的鸟带着心事掠过窗台，远处传来结伴同行的人们的欢笑声。

这是中国一个宁静的江南小镇。方家的房子是那种古朴的院楼，不知道什么时候建的，是方宇的父亲从一个落魄远亲手上买的。为了照顾病重的爷爷，方宇的父亲不惜离开繁华的城市，把做酒的生意一起搬到这个陌生的小镇。

方宇刚刚住进这所房子，他完成了高二的课程之后就被母亲接到了这里，他将在这里完成剩下的高中课程。对于这样的陌生环境，他既兴奋，又有些不知所措。这边的景色很美，从楼上卧室的窗户向外望去，宛如一幅江南水墨画。

当他再次抬起头时，窗外下起了蒙蒙细雨，江南就是这样，给人一种多愁善感的感觉。方宇合上书，走到窗前，雨不断敲打着玻璃，不一会儿，窗外的世界朦胧得就像融化了一般，看不见一处棱角。方宇童真地在内玻璃上画一些奇怪的图案，它们没有名字，因为它们的主人漫无目的。

方宇的母亲在楼下喊：“吃饭了！”那声音爬过楼梯，挤过门缝，传到方宇的耳朵里时已经并不真切了。他当是别处无关自我的闲话，因为他经常会听到隔壁女人千篇一律的牢骚，仿佛她家的男人只长了一对耳朵，那耳朵生来就是让她寄存牢骚的。那女人的话不仅在他们自己的世界里起作用，有时也会溜到方宇的世界里闲逛一圈儿。方宇的母亲见没有动静，加大声音又喊了一次：“吃饭了！”方宇立即从别人的世界里回过神来，嘴里喊着：“下来了，下来了！”跨着大步冲到楼下。

“干什么呢？喊半天都不应。”

方宇朝着厨房的方向，边走边应付道：“看雨！”

方宇的母亲跟在儿子身后，为他打上伞。伞外的雨丝毫没能牵动她内心锈了般的情愫，她不管儿子的回答，说道：“过几天就要开学了，准备准备，别到时候丢三落四。”

说着话便来到厨房，方宇省去了想如何应付母亲的唠叨。方宇的父亲和爷爷正在厨房里说着遥远的新闻，看到方宇进来，方宇的爷爷苍老的脸上露出一个年轻的笑容。方宇的爷爷是一个中国人民解放退休的文职军官，叫方文海。他仿佛感觉到自己的名字很文气，于是给方宇的父亲起名方水原，让别人喊起来觉得亲切些。

方文海曾经参加过中国人民志愿军的文工团，他会唱很多段江南的小调，方宇小时候就是听着这样的小调慢慢地进入梦乡。方宇看到爷爷总有一种与生俱来的亲切感，吃饭的时候他总会与方文海坐在一排，听方文海说一些从报纸或者电视里看来的事。

“现在大学生的工作好像也不好找！”方文海等大家都动了筷子，自己却不急着吃饭，对一桌人提醒道。

方水原领略到父亲话中的意思，首先说：“现在的大学水平参差不齐，从好学校毕业还是能找到好工作的。”方母接着说：“是啊，小宇如果认真念，上了好学校，以后的日子用不着我们为他操心。”方宇说：“还远着呢，孙悟空一个筋斗也翻不出这么远，你们比孙悟空厉害得多，几句话就把我拉到了高考的山下。”

方水原和方母便不再说话，只有方文海还没断了说话的兴致，接着拿一些琐碎的事情让大家分神。正吃着，隔壁的李老太太披着雨衣进来，方水原忙站起来，迎上去说：“下这么大雨，别摔坏了您老人家。”边替李老太太脱下雨衣边说，“又找我们家老爷子打纸牌？这么早，你们家媳妇倒是勤快，伺候您这么早吃了饭，您老也过得舒服啊！”

李老太太坐到椅子上说：“舒服什么啊！她没把我这把老骨头赶出家门已经是好事了，我是热的冰箱里昨天的饭。儿子单位里请吃饭，他们两口子一早就出去了。这样倒省事，免得弄一桌子菜，又劳神，我又吃不了多少。”

方母忙说：“您不早说，我们这儿也没外人，要是知道您一个人在家，我就叫小宇喊您过来，一起吃了。”

李老太太当然推说不用客气，方水原站着指挥：“你就知道说，李老太太吃冷饭肯定没吃饱，赶紧洗个碗，添双筷子给李老太太。”

李老太太抢步拉住要去拿碗的方母，却回头对方水原说：“不用客气！”

方文海这时候说话了：“李老太太，你也别客气了，我反正还没吃好，你就随便吃点等我，我想钱四强他们也没有这么快吧？”

李老太太这次倒很听话，放开拉着方母的手，对方母说：“那就麻烦了，少盛一些，我真是吃过了。”然后又说，“你们方家人就是热心！”

方水原让儿子喊李老太太，方宇机械地喊了声：“李奶奶！”他突然想起自己的奶奶，他从来没有见过自己的奶奶。父亲告诉他奶奶是韩国人，其他的连父亲也不知道，爷爷的心里仿佛藏着一个天大的秘密，方宇每次一问他关于奶奶的事情，他的眼睛就开始湿润，方宇就不忍心再问下去。

李老太太边吃饭边说儿媳妇的不是，说儿子总是被欺负。

一桌人就听她说话，方母暗自庆幸没有遇上这样的婆婆。方文海加快了吃饭的速度，吃完后，便用焦躁的神情看着外面的雨，不时看一眼李老太太。李老太太见方文海在等她，她有些过意不去，便不再说话。

吃完饭，方文海和李老太太结伴出去。临走时，方水原往方文海口袋里塞了几十块钱，他也没有推辞。

下雨天真好，可以闲下心来，平日里，思想在时间里奔跑，雨天，思想在时间里散步。下雨时，方水原不会要求方宇帮忙把酒送给镇里的商贾，有需要的商贾会自己跑来要货。

方宇回到自己的书房，躺在床上看着无趣的书。外面的天空是灰色的，风爬上窗台想偷走屋子里的温度。方宇迷迷糊糊睡了过去，他做了一个梦。梦里，他穿着破旧的衣服，卖着火柴。外面太冷了，于是他划了一根火柴取暖。当他划亮火柴时，他的眼前浮现出一个看上去温文尔雅的老人，她是方宇的奶奶，她告诉方宇自己在一个很遥远、很遥远的地方，很想念方宇。他想，她年轻的时候一定有着倾城的容颜。她伸手要来拉方宇起来，当方宇急忙伸出手时，奶奶突然不见了，她消散在空气里。他伸出去的手僵在那里，眼泪禁不住像泉水一样涌了出来。当他从梦里醒来，发现自己眼角真的挂着眼泪，手真的僵在半空。

方宇最近经常在梦中看见奶奶，奶奶的脸上有一些光，那是一种很冷清的感觉。通过那些梦，他渐渐拼凑出奶奶的外貌，鼻子、眼睛、嘴巴、耳朵，甚至细微到每一条皱纹和每一个眼神。这些他都不会告诉任何人，他希望在这种想象中得到一点自我的、小小的满足。

下午的时候，天终于放晴了，只是太阳挣扎着还是没有完全探出脑袋。方母叫方宇跟自己去城里买开学用的文具，还要为方宇买衣服。方宇怕去那么远的地方，但是他又不想让自己的母亲独自前去，只好把所有“不想去的理由”藏在心里。

客车在泥泞的路上走得很艰难，不过幸好那样的路只有一段，其他的路都是那种看上去很平坦的水泥路和柏油马路。来来往往的车辆在几条交通线上行驶着，世界如此有规则和默契。人们平静地生活，把一切当作理所当然，生活理所当然就是这样平静而美妙。

方宇看着窗外匆匆“赶路”的树、农田尽头的平房、渐渐有了温度的阳光，他不禁轻轻地笑了起来，坐在旁边的方母无意中看到了他的笑，责怪道：“又傻笑，就快要上大学的人了，一天到晚还是没有个正经样儿。”

方宇不想克制自己，索性也不管母亲说什么了。

客车慢慢地靠近城里，冷清的感觉也慢慢消失。

树叶轻轻地从枝头跳下，晃晃悠悠地飘过窗台，掉在地上，像一张发黄的照片带着记忆躺在地上，与窗边的方宇孤独相对。记忆里总有一些东西让人终生难忘。方宇的耳旁仿佛又响起了方文海哼唱的《桔梗谣》，他看到在远处没有开花的桂花树旁，有一个女孩，她穿着古老的朝鲜族服饰，等待着她的恋人。方文海经常会给方宇讲这个美丽的传说——地主想抢名叫桔梗的姑娘抵债，她的恋人愤怒地砍死了地主，结果被关进了监牢。姑娘悲愤而死，临死前请求村民把她葬在青年砍柴必经的路上。第二年春天，她的坟上开出了蓝紫色的小花，人们叫它“道拉基”（即桔梗花）。

方宇是个很感性的少年，这个美丽的故事曾经让方宇在很多个夜晚不忍心入眠，他看着星星，甜蜜地回味着许多传说：牛郎和织女在鹊桥上相见、梁山伯与祝英台化蝶双飞……

去钱家的路上，方宇带着艺术家的眼光欣赏着四周的一切。泥黄的路上爬满了杂草，野狗和家狗此起彼伏地乱叫，使整个镇子上空的安静支离破碎。

方文海如今喜欢上了打纸牌，经常和几个相熟的老人，例如李老太太，还有那个他口中的钱四强约在一起。没人能阻止他打纸牌，况且打纸牌比坐在屋檐下发呆要好得多。发呆时常伴随着痛苦、悔恨、失望等情感，也许还会有喜悦、满足之类的情感，但是后者往往很少，心情好的人一般是不会发呆的。

方宇隔着很远的距离就看到了方文海，方文海的背后是黄昏下的天际。方宇看着爷爷，忽然产生一种幻觉——爷爷渐渐地融化在黄昏之中。太阳可以从东方升起，在西方落下，反复如是。人却只有一个“清晨”，一个“黄昏”。

当方宇站在方文海面前时，方文海把他宽厚的大手抚在方宇的肩膀上，只几秒钟，就放了下来。

“这乡间的小路真是好，比城里的马路有趣多了。”方宇昂起头，风把他的头发吹到空中。

方文海微微一笑，说：“是啊，商品房跟以前的监牢似的，在这样的地方，我还能多活几日呢！”

死——这个字一下子冲进方宇的脑海，人为什么会死？方宇一边走一边自言自语：“人为什么会死？”

方文海放慢步伐，已经在思考这个问题。方宇也跟着放慢步子。突然，方文海停下脚步，看着方宇说：“也许没有死，人生就没有意义了。当人们不害怕死亡的时候，生命里可能就再也没有什么值得珍惜的东西了。你想啊，人如果这一生不知道什么是‘珍惜’的话，所有的东西在他看来都毫无价值可言。”

方宇从地上捡起一颗褐黄色、凹凸的石子，用力地掷向远方。石子在空中划出了一道优美而短暂的弧线，几只鸟在空中互相追逐。此刻，方宇的灵魂像蝗虫肆意地吃庄稼那样被无情地侵蚀着，他不知道该说些什么。

新的一天来临了，东方天界露出了第一抹“鱼肚白”，雨后的阳光格外明媚。一条奇形怪状的虫子在墙壁上爬，牵引着方宇的视线，他完全被这条虫子吸引了，像看小说那样，担心着下一个情节。当然，那虫子一直在无惊无险地爬，并没有出现掉下来的戏剧性场面。

阳光已经从东面的门缝和床对面的窗玻璃挤了进来，方宇突然有个奇怪的念头，阳光是否会像洪水那样冲开门，把整个房子塞得满满的。他笑了笑自己的傻，下定决心从床上坐起来。之后他张大嘴，伸了个懒腰，然后用左手盖在脸上揉了好几下，像洗脸那样。打开窗户，听见几声鸟叫，方宇仔细寻鸟，却怎么也找不到。这时候，他闻到一股浓浓的青草的味道。楼下，方文海在园圃里修剪着附近的唯一的一块小草坪，小孩子最喜欢在这块草坪上追逐，玩皮球，有的时候也会看到一些中年人坐在上面聊天。

“爷爷，早！”

方文海抬起头，挥了下手臂，说：“下来吃早饭，我们都吃过了。”

方宇刚转身，敲门声就响起来了。方宇笑了一下，把床下的麻绳拿了出来，一头系在窗台的横栏上，一头扔出窗外。他是昨天才发现这件有趣的事情的，这栋古式房子二层的窗户离地两米多高，下面又有一块草坪，就算跳下去也不会受伤。不过跳下去有什么意思，方宇想到拉着绳子滑下去有点意思。当他滑到地面时，回头看，方母站在窗户边嘴不停地动，手也不停地挥舞着，像是默片时代的电影演员。

方宇一直走到路的拐角处，这里有很多小贩，有卖豆浆的、煎饼的、黄烧饼的、油条的……方宇坐在一家有凉棚的店里喝着甜甜的豆浆，吃着炸得有些发脆的油条。偶尔有几个老人提着鸟笼俯到鸟笼边逗鸟。鸟是最爱炫耀的动物，容不得别的鸟叫得比自己好听，于是鸟叫声此起彼伏，给这早晨带来了不少生气。

回到家时，方母和方水原都到店里去了，方文海坐在院中剥毛豆。方宇靠着墙壁蹑手蹑脚地想从方文海的眼皮底下溜上楼，方文海头也不抬地问：“上哪儿去了？”

方宇苦笑了一下，走到方文海身边蹲下，边剥毛豆边说：“出去吃了早饭。”

剥了几个，他就没心思了，连忙说要上去看书了。逃到书房后，他很随意地抽出一本书，是博尔赫斯的《小径分岔的花园》。他躺在藤椅上静静地看随意翻到的地方，似乎发现时间在相互靠拢，虽然交错但永不干扰，它们有预谋地揭示着某种真理。方宇的思绪从这种烦琐的思维中撤离出来，他把书合上，拿着书的一角，把书扔向桌子。书在空中不停地旋转，最终掉落在桌上，些微的灰尘从书的四周扬起。方宇把双手手指交错着放到脑后，倒在藤椅中看着天花板。

过了一会儿，他忽然想起，这样的天气应该把旧书搬出来晒晒。他好像发现了一件特别有意义的事情一样，兴致很高地把柜子里的书往阳台上搬。这个二楼的阳台很大，是木质结构的，像一个小型的扬谷场。书一本本地被方宇平铺在这里，像植物那样吸收着阳光。等把柜子里的书都搬出来放好，方宇已经累得有些气喘。柜子下面还有一些书，他准备放弃把它们搬出来，但是往那边看了几眼，他觉得那些书好像向自己投来哀求的目光。于是他又把柜子下面的书往外拖，然后一本一本地又摆到阳台上。摆的过程中他突然发现一本奇怪的书，没有封面，第一页上面有几个看不懂的文字。也许不是书，方宇这样想着，手却不由自主地翻开，从里面掉出了一页发黄的纸，上面是一个陌生人的笔迹。

汉城的天空很美，我总是想如果自己是一只美丽的鸟那该有多好，我可以在天空自由地飞翔，我相信那是世界上最美妙的感觉。

我叫李微苋，我有一个梦想——有一天，我能站在大海的一个独礁上，张开双臂，风穿过我的身体，我闭上眼睛，然后心里默默地祈祷，等我睁开眼睛，我已经是一只能够飞翔的小鸟，没有烦恼，没有痛苦。但是我心里清楚，祈祷和乞讨没有分别，在现实中只有利用自己的双手才能找到快乐和幸福。

我的父亲是个有野心的政治家，他在韩国的外交部工作。我不爱和他说话，他也很少在家，他总是有应付不完的社交场合。我真希望我们一家人能回到以前，回到和睦而惬意的乡下生活。

我们有很大的农场，有母亲的家族遗留下来的大房子。每个周末，父亲总会用单车带上我和弟弟去离家一里路的南湖游泳。天特别冷的时候，我们不愿意下水，父亲便到林子里拾点柴火，生个小火堆让我们两个围坐在一起，然后把带来的火腿、咸肉、生鱼之类的东西用树杈插好，让我们自己烤了吃。我们吃着自己烤的半生半熟的食物，看着父亲在水里像鱼一样畅游。

直到有一天，母亲通过家族关系把父亲介绍进政府工作。那时候还是日据时期，因为父亲在汉城替日本人工作，朋友都远远地躲着我，骂我是“小卖国贼”。父亲把我送进了日语学校，在这里我需要学习另一个陌生国家的语言。这里的同学好像都有着浓厚的忧郁和防备，我们不轻易往来，相互之间只说一些简单必要的话，不能像以前我和邻里的伙伴天真地玩在一起那样。我问父亲世界为什么一下子就换了面貌，小时候去了哪里。我真的很伤心，街上的气氛紧张得让人心慌，人与人之间为什么要互相憎恨？父亲告诉我因为我还小，很多事情还不明白。我咆哮着喊：“我明白，你是卖国贼，你替日本人做事。我们活在另一个国家的阴影里。”父亲的脸色突然变了，他喘着气狠狠地给了我一个耳光。父亲从来没有打过我，从来没有，即使那次我弄坏他最珍贵的烟斗，他也没有打我。我仿佛受了天大的委屈，哭着跑出去，再也不想看到父亲，我要永远地离开家，去找一个能够给人带来快乐的地方。

我跑到后山的一条河流边，躲在一座桥的桥洞里哭个不停。晚上的时候，父亲和母亲还有弟弟终于找到了这里，我听到他们的喊声，看见手电筒的光柱在四周晃动。如果我一直躲在桥洞里是没有人会发现我的，但我真的没有勇气让他们忽略自己，于是我爬了出去，站在桥上喊：“你们别过来，不然我会跳下去。”

父亲哽咽着喊：“你是父亲的最爱，我为今天的冲动向你道歉。”

母亲哭着希望我回去，弟弟冲到桥上，抱着我的腿，说：“我是不会让你离开我的，我要和你永远在一起！”

我所有的决心都融化了……我需要的不是快乐吗？那和家人在一起不就是最大的快乐吗？这不需要寻找，需要的只是珍惜。

我又回到了家里，继续着以往的生活。直到有一天我在报纸上看到：苏联对日本宣战，日本节节败退。我感觉战争已经离我们不远了，也许就在明天。

1945 年的中秋节，汉城格外热闹。人们忘记了战争，忘记了烦恼。街上的唱片机开着最大的声音，想让更多的人感受一下轻松和惬意。小商贩们带着他们的物品穿梭在行人之间，嘴里吆喝着。这些声音对人们来说是一种奢侈，这些年来炮火声从来没有间断地响彻在耳畔，人们似乎已经习惯战争是这个世界的主题。

日本人走了，苏联红军来了，美国的大兵也来了，仿佛他们要在我们的国土上玩接力游戏一样。他们用意识形态把我们的国家撕裂成两块。我不知道什么是政治，但是他们在谈判桌上谈不下来的事情就要用炮火来谈，这一点我一直深信不疑。

1950 年 6 月 26 日拂晓，炮声撕裂了汉城的宁静，我看见从北边议政府方向逃来了大批难民，他们的脸上带着被欺骗的愤慨与离开家园的痛苦。朝鲜的飞机再一次飞临汉城，他们只扫射了总统府，并没有向人群开枪。我的父亲神色匆匆地从外面回来，说："情形真糟糕，我们得离开这个地方了。"父亲叫我们收拾行李，他要带我们去一个听不见炮声的陌生城市。我走出家门去向我的伙伴们道别，在拥挤的街道上我抬头看见呼啸的战机里飘下了白色的传单，冬天下雪的时候也能看到这样的情景，我多么渴望这是一场雪、一个梦。

一片阴影降临在这张纸上，方宇回过头看，是方文海，他带着忧伤、苍老的表情。方宇拿着这张纸不知所措。方文海蹲下身子，看着这张纸发呆。过了一会儿，他从方宇手中轻轻地拿起这张纸，然后站起来，背对着方宇看向远方。

“有些东西又想记起，又想遗忘，而这一切都凝聚在一个故事上。”

方宇看着方文海的背影问：“我能不能知道是什么故事让您又想记起，又想遗忘？”

方文海坐在一个书堆上，太阳的光晕一圈一圈地浮在空中，方宇忽然觉得老人、太阳、少年是多么美丽的组合。他堆了个书堆邻着方文海坐下，然后他们一起看向远处……

第二章　忧伤的河流

秋天的风和冬天的风本质上没有什么区别，呼啸的风撞击在火车车皮上，发出“咣当、咣当”的声音，从火车里面听像是谁在不断地擦着火柴。外面送别的人们呼唤着他们亲人或者情人的名字，这些声音让火车里几乎像是夏季的菜市场那样，充满了忙碌、呐喊、人流。方文海的父母都死在解放战争之中，所以他不需要把头探出去挥手告别。他没有让唯一的亲人——奶奶来送他，站台上没有属于他的告别，所以他显得格外安静和沉稳。和他一样对身边的事情好像漠不关心的还有对面坐着的中年士兵，他穿着土黄色的单衣，里面是一件灰色的棉布内衣，领角处露出了一小段愈合没有多长时间的伤口。方文海一直注意着这个中年士兵，他聚精会神地擦着手中的军刀，那刀已经有些变形，不过刀身却没有生锈，不时有明晃晃的反光照进方文海的眼睛里。

“你好，我叫方文海。”方文海主动伸出手和他打招呼。

中年士兵没有抬头，只用眼神瞥了一下方文海，然后又低着头擦他的军刀了。

方文海有些尴尬地收回手，又问：“你是复员的老兵吧？”

中年士兵旁边年纪和方文海相仿的人收回向外张望的目光，对方文海说：“是复员的老兵，我们是一个村子的。”

方文海把手伸向那人，说：“你好，我叫方文海。”

那人笑笑，握住方文海的手，热情地说：“我叫叶扬，以后我们就是战友了。”

听到“战友”这个词，方文海想到了他们是即将奔赴朝鲜的志愿军。“听说我们这次是要和美国鬼子打仗……”

这时中年士兵发出了不屑的笑声，他抬起头，把手中的军刀放在眼前来回打量。“怕了吗？等到美国鬼子的炮弹在你的头顶到处飞的时候，你或许会吓得尿裤子。”

方文海对这种嘲笑很反感，他想，要是美国的飞机现在就来扔炸弹才好，好证明他绝对不会被吓得尿裤子。火车里陡然震动了一下，黝黑的火车皮上震出些迷眼的灰尘。外面的叫嚷声更大了，火车在缓慢地发动。方文海透过火车狭小的窗户看到一张张表情各异的脸闪过，越来越快，最后，窗户外再也没有脸了，只有一棵棵老槐树钻进火车里的人们的视线。

方文海是第一次坐火车，不过他不愿告诉别人，怕被大家笑话，但是他很快就没有了这种担心。当火车经过一个山洞时，车厢里顿时黑得伸手不见五指，很多人大呼小叫，以为是世界末日来临。他心里想，原来没坐过火车的不止他一个。车厢里有些人开始讨论山体的压力和火车的路线问题，俨然他们是什么火车专家。

坐在方文海旁边的年轻人这时候开口问："小兄弟，你没坐过火车吧？"

方文海点了点头，这不值得说谎。年轻人好像知道结果那样，笑着说："我家的旁边就有几条火车道，有好几次火车经过的时候把我家的玻璃震碎。如果运气不好的话，夜里面有火车经过，就别想睡个好觉。"

方文海笑了笑表示同情，年轻人继续说："不过坐在火车里面是体会不到的，哪一天带你到我家，你就知道这个大家伙不是那么温顺了。"

刚才和方文海说话的叶扬一直听着年轻人说话，这时候插话道："这没什么，听说飞机起飞的时候能把附近的房子掀出去好远。"

年轻人看着叶扬问："你亲眼见过吗？"

"没有，我也是听别人说的。"

接着，几个人都开始沉默。方文海想着前途未卜，也许这一去就再也不能回来了。正想得入神，一个军官走进了这节车厢，大声地喊："叶扬、方文海、林志强，跟我到四号车厢来。"他的声音中带着军人的硬朗，跟命令人没什么分别。

方文海和叶扬站了起来，不远处一个面带笑容的中年人也从人群中站了起来，方文海心里想，他大概就是林志强。军官领着三个人来到四号车厢，车厢门口已经站了三个人，那军官介绍道："这是二十二师的师长、政委和文工团团长。"不用具体介绍，他们就知道这三个人谁是师长，谁是政委，谁是文工团的团长。林志强向师长行了一个标准的军礼，方文海和叶扬没有经历过这种场面，但还是跟着行了个粗糙的军礼，尽管这更像是英国式的。师长回了军礼，把三人让进车厢。这节车厢里没有刚才的车厢那么拥挤，所有人都对他们投来友善的目光，其中包括四个美丽的女战士。

"欢迎你们加入志愿军，不管你们是参加过国内战争的老战士，还是新参军的新战士，希望你们都能够遵守部队的纪律，时刻提醒自己：我是一名军人，光荣的志愿军战士。"师长的话在他们刚刚落座后响起。之后又说了些纪律和政治问题，他的表情自始至终都非常冷峻，真是想象不出来要他讲个四川的土笑话或者唱支云南的山歌是怎样的情景。

文工团的团长四十几岁的样子，留着没有修整的胡须，又浓又密，像夏日野地里疯长的杂草丛。现在还没到冷冬时节，他已经穿上了夹棉的黄军衣。头顶上的帽子破了几个洞，一些头发探出来呼吸着新鲜空气，不过帽子戴得很板正，不像新兵的帽子东倒西歪的，跟卡了块半边掏空的西瓜皮在头上一样。他总是微笑着，讲到非常严肃的话题，笑容才在他的脸上消失一会儿，不过很快他的脸上又挂上了平易近人的笑容。

对师长的话大家理所当然地给予了热烈的掌声，接着文工团的团长把话头接过来说："我叫孙国刚，以后你们叫我老孙就行了。我是文工团的团长，以后我们将一起用另一种方式战斗在前线。"然后他就说文艺兵的重要性，还有文艺兵烈士的事迹，这一段大家最感兴趣，因为大家实在没有这样的机会坐下来听一个人生动地讲故事。

中午的时候，一名老战士挑着担子进来送午餐——每人一个米饭团、一小块咸肉，八人一盆青菜汤。青菜汤在火车的震荡下平静不下来，直让人担心是否要从盆里喷发出来。汤是喝不成了，因为没有发勺子。方文海把米饭团扒开，然后把咸肉放进去，津津有味地吃着。吃得噎着了的时候，男人们就忍不住了，把一盆青菜汤捧起来就往嘴里灌，个个弄得一身汤渍。

方文海边用舌头舔塞在牙缝里的细末，边对身边的叶扬说："不知道什么时候才能到东北。"

火车像蜈蚣那样爬在国家辽阔的国土上，叶扬也不知道它什么时候才能抵达目的地，他茫然地看着方文海。

下午的时候，他们听到传言，在末尾车厢里有个新兵突然发了疯，他不停地喊着："我要回家。"没等人们拦阻，他竟然径直跳下奔驰的火车。这个传闻在士兵抽烟、玩纸牌或者掰手腕的时候被拿出来闲聊，他们或者讲一句粗口——真他妈窝囊，或者肯定地说这人一定是疯了，很少有人表示同情。方文海和叶扬回二号车厢拿行李的时候，之前的那个中年士兵就不断地骂着末尾车厢的逃兵。方文海把行李从窗户上方的铁架上拿下来，那行李足有半人那么高，里面是一些衣服、鞋子和干粮。

"你也是文艺兵吗？怪不得这样弱不禁风！"中年士兵看着方文海说。

方文海一心想要证明自己，可是这种事情不能通过嘴上说勇敢来证明，嘴里的"勇敢"只能让人觉得你在说大话。他心中默默地给自己定了一个任务，上了战场要杀几个敌人，炸几辆坦克，最好能得到一枚勋章，挂在胸前，让嘲笑自己的人都闭上他们的臭嘴。

当方文海和叶扬回到四号车厢时，车厢里充满了欢声笑语，他们在玩"击鼓传花"的游戏。看到方文海和叶扬进来，大家像对待老朋友那样，热情地安排两人加入游戏。他们传的是一条旧围巾，而击鼓的正是文工团的团长孙国刚。这里的人基本上都会唱一段动人的歌，或者跳上一段优美的舞蹈。

围巾经常停在一个叫苏静的女战士手中，她大概二十岁的样子，笑起来有两个酒窝，这显得她更像一个需要人疼爱的孩子。她的歌声有一股很浓的吴音，可能是上海人或者苏州人。当她再一次拿到围巾而击鼓声停止的时候，她撒娇地说：“不干了，孙团长脑后一定长眼睛了。”

孙团长回过头，无辜地笑了笑，他的神情中有着长者特有的包容。为了让苏静继续玩，孙团长只好把击鼓权让给身边的叶扬。他们一直玩到吃晚饭，火车上的饭照样是难吃得要命。大家有的拿出自己带的干粮互相分享着吃，有很多久违的美味食物，例如山芋干、面饼干、白糕，大家开心地边聊天边慢慢吃，生怕这种美味会很快消失。孙团长临着窗，抽着卷烟，看着围坐在一起的少年，狠劲地抽了口烟，笑了笑。

晚上，火车在星空之下像一条火蛇，在山间林地穿梭前行。外面的世界在方文海脑海中只剩火车皮上狭小的窗口那么大。火车跑到现在，只在几个小站停留过，上来一些讲着方言的新兵，对他们来说，也许打仗就跟去田里锄草那样轻松。但是，他们不知道的是，在朝鲜半岛崎岖的地形上，战火已经熊熊燃烧，尸横遍野，插在阵地上的国旗已经被炮弹和战火撕裂成几块黑布条，呐喊声、呻吟声、冲锋声充斥着听觉世界。

车厢顶上挂着的一盏灯在黑夜中不停地摇晃，四号车厢里的文艺兵们把这节车厢的欢歌笑语不断地送到隔壁车厢，隔壁严肃的气氛不时地被破坏。方文海讲了从书中看到的关于朝鲜的传说，讲了这个美丽的国家有着好客而勤劳的人民，于是大家对入朝参战有了一些期待。他们想象出这样一种可能——他们把“联合国军”赶入大海，和朝鲜人一起载歌载舞。

这一晚上，四号车厢的文艺兵们怀着美好的愿望甜甜地进入梦想，他们横七竖八地倒在冰冷的车椅上，这让他们已经很满足了。之前他们听说有战友乘的是没有椅子的火车，在黑洞洞的、晃动的车厢里必须靠在铁皮上才能稳住身子，里面拥挤、潮湿，整个火车就像咸肉罐头那样。

方文海辗转反侧睡不着，好像还没有从先前的激情中抽身出来。黑暗中，他看见孙团长用手电筒在每个人身上照了一圈，有时会弯下腰拉拉滑落的被头。当照到方文海这边时，方文海挪动了几下身子，孙团长把手电筒的光打在方文海的脸上。方文海歉意地笑笑。

孙团长轻声问：“怎么还没有睡？想家了是吗？”

方文海摇摇头，他心中“家”的概念只剩下两间房的茅屋和相依为命的奶奶。在报名参加志愿军的那天，他下了可能是这辈子最难下的决定。他不想留下奶奶一个人，但是那种环境让他觉得参加志愿军是人生最有意义的事，并且这种机会不是什么时候都有。他对奶奶说，自己很快会回来，最多一年，纸老虎是撑不了那么长时间的。临走的那天，他看到奶奶流下了两行老泪，他的心都要碎了，踉跄地走了几步，回头“扑通”

一声跪下来连磕了三个响头。

“孩子，睡吧，别想太多。”孙团长关掉手电筒，用手使劲地擦了擦车厢玻璃，把头伸过去朝外看了看，像是在估摸现在是几点，然后轻手轻脚地走到方文海后面一排座，倒下不出声了。

黑色把整个大地装点得很浓重，窗外偶尔有几家农户的灯亮着，亮光如流星一般闪过窗户，农户里或许有人在挑灯夜读，或许有人在秉烛夜谈，多么轻松惬意。方文海盯着窗口，他想自己可能一夜都睡不着，不过，很快他就抵不过倦意，蒙蒙眬眬地进入了梦乡。

第二天他睁开眼睛的时候，太阳光已经很刺眼了。车厢里忙忙碌碌的，几个女文工团员已经出现不适应的症状，有的头晕，有的呕吐，那个叫苏静的女兵脸色发白地躺在座椅上，周围围了一圈人。很快，这种不适应蔓延到了体弱的男文工团员身上。整个上午方文海都在忙着照顾这些人，去叫随军医生，端水喂药……一直到下午车厢里才渐渐平静下来。叶扬一直坐在靠窗户的位置上写着什么，方文海起初以为他在记日记。不过很快他发现那不是日记，叶扬把那个印有蕙兰花的记事本递给方文海看。记事本的第一页上摘录了瓦雷里著名的长诗《年轻的命运女神》里的一段话。

陌生的主宰，难以回避的星宿，

你们垂顾遥远的尘俗，

不知照亮了什么超然洁物；

你们把至上的光芒，无敌的兵器，

你们亿万斯年的飞镝，

投到人间泪海；

我弃室在外，

孤影遥对你们众星，心中惊骇。

多么贴切啊，方文海这样想。当他再翻几页时，他发现原来叶扬在写一部小说，才写了开头，写的是奔赴朝鲜战场的部队，文风朴实，中间不断地夹杂着个人感悟。接下来的时间，方文海找到了消遣的方式，等叶扬停笔的时候，他便拿起记事本悠然地看。叶扬用来写小说的时间很少，不过写下的文字已经够方文海在火车上消磨时间了。

转了一次火车之后，终于到了沈阳。下了火车，大家指认东南西北就跟猜谜语似的。最后，孙团长从怀里掏出一个精致的指南针，才准确辨别了方位。A师就地休整，驻地是在城外的一个小村庄。文工团自行安排驻地，孙团长在村庄附近找了几间窝棚，然后就把几十号人往窝棚里分配。方文海和叶扬分在一个窝棚，同住的还有两人，一个脸面白皙，叫林生，不常说话；另一个叫曹天悦，他和林生形成了明显的对比，他可以唾沫横飞地说个不停，说这个季节该种什么庄稼，花生为什么长在地下而不长在地上，柿子怎么不直接在树上发红……大家刚开始还会应答几句，后来便只顾整理自己的被褥，偶尔用一个语气词表示自己还在听。

他们四个和四个女文艺兵被编入歌舞分队，队长由女文艺兵中年龄稍长的霞姐担任。男的整天学小号、锣鼓、口琴、风琴，也会跟着女文艺兵学传播较广的歌曲，《中国人民志愿军战歌》《东方红》《桔梗谣》这些都要学，另外要练习的就是打靶，到了战场上敌人才不管你是不是文艺兵。一般是上午学乐器、练嗓子，下午去打靶，一天下来所有人都像被脱了一层皮似的，累得倒在床上就能睡着。晚上，男的便在院中把打来的水往身上浇，只穿着短裤衩。同院里的女文艺兵刚开始看到还会尖叫着跑进屋里，慢慢地便习以为常，还能开几个适当的玩笑。

女同志扎在男兵堆中有很多不方便的时候，比如上次，孙团长带歌舞分队去军部表演节目，破旧卡车在路上时不时地抛锚一次，时间一长，尿就憋出来了。男兵们跳下车，也不顾有没有女同志，站在路边就往田里尿。一路都是空旷的农田，女同志只好忍着，但是随着卡车的颠沛，实在是忍无可忍了，只好哀求孙团长停车，她们跑出去好远，才得以方便。

方文海心想这些女兵迟早会受不了，不过没有任何迹象表明四个女兵有所懈怠，她们似乎没有多大的心理变化。方文海和几个女兵的相处几乎没有什么改观，他总觉得应该找个机会向她们表示一下友善。很快，这样的机会就来了。那天，A 师开交际舞会，也就是营级以上的军官联欢，师部要求文工团的女兵陪舞。歌舞分队的队长霞姐让方文海一起陪同照应，因此方文海第一次见到了开舞会的情景，闪动的灯光，悠扬的歌声，一种让人陶醉的融洽气氛。霞姐是得到邀请最多的女兵，她那曼妙的舞姿使得那些军官显得那么笨拙。而最小的林嘉柔被那些粗壮的男人搂在怀中显得那么不协调，方文海时时能看到林嘉柔脸上流露出无奈和不悦的表情。

当一个军官再过来邀请林嘉柔的时候，她涨红着脸说：“对不起，我不想跳了。”

不过那军官不达目的不罢休，赔着笑脸一而再再而三地邀请，而林嘉柔是铁了心不跳了。那军官面子上挂不住了，突然像换了个人似的，虎着脸伸手拉林嘉柔的手臂。林嘉柔努力想甩手挣脱，但是她的力气才有多大，哪里能摆脱粗壮有力的军人。坐在一边的方文海经过一番思想斗争，突然起身，一把拉开了那位军官的手。这时候，他的心不停地乱跳，不知道自己这样做会有什么后果。

那军官先是一愣，然后一拳打在方文海的脸上，方文海一个踉跄，没站稳跌在地上。那军官破口大骂："你算个毛啊，居然敢管老子的闲事？！"

方文海用手捂着脸，站起来，像头发怒的狮子瞪着血红的眼睛说："你欺负她，我……我就要管！"

那军官仔细地打量了方文海一下，哈哈大笑起来："你看你那熊样，我还以为是什么小英雄呢。你们俩是对小夫妻吧，哈哈，老子打仗的时候你们两个小毛头还没出生呢，居然跟老子叫板！"

方文海和林嘉柔的脸一子红了起来，方文海用力地说："就因为这样，你就能欺负我们吗？"

那军官一下子脸色发青，拔出腰间的手枪，顶在方文海的头上。

"你以为这样我就怕了吗？有本事拿着枪去打美国鬼子，这样算什么本事。"

方文海一下子什么都不怕了。那军官突然放声大笑，拍了一下方文海的肩膀，爽朗地说："倒还有点汉子的样子。好，这把枪跟随我打了十年的仗，今天碰上你算是我们有缘分，送给你了，到朝鲜去杀敌吧。"说完，他把枪扔在桌上，转身消失在人群中。

事后方文海才知道，那个军官就是A师英雄团三团赫赫有名的许团长。

方文海把那把枪当作了宝贝，每天都要拿出来擦上几遍。他时常会跳到院子中，用那把手枪练习打枪的动作，他很享受这个过程，嘴巴配合动作发出子弹出枪膛的声音。在院子里洗衣服的女兵，轮番和方文海打趣。

叶扬还是每天在写他的小说，主人公时而是他自己，时而是另一个他想象出来的人。这个想象的角色在不同的时候由不同的人充任，而最近方文海的事情便被叶扬黏合在自己笔下的那个人物身上。林生还是老样子，不怎么说话，挑水、打扫，干得一声怨言也没有。曹天悦则喜欢上了四个女兵中的闻芳，这个女兵十六七岁的样子，笑起来有两个酒窝，格外迷人。曹天悦整天围着闻芳打转，像地球和太阳的关系。

方文海觉得生活越来越有意思，至少他觉得歌舞分队的成员们越来越像一家人。女兵们说方文海这名字叫起来不怎么亲切，干脆就喊方文海为“海”，又简单，又亲切。方文海慢慢地觉得，这个名字听起来很不错，很有诗意。海，深邃而博大，雄壮而典雅，它是地球上最伟大的诗人。

不知不觉他们已经在沈阳待了半个月，这里的天气越来越冷。后勤部发下来的军装对他们来说有些过于宽大。穿在身上就像是背了个龟壳，走起路来，迎面的风把棉军装变成了“鼓风机”。他们只好把腰带系得紧紧的，列队的时候，互相看看，忍不住都要笑。北国天气的寒冷程度早已超出了他们的预料，他们必须提高自己的适应能力。

如果把房子比作人，那么他们住的房子“年事已高”。灰蒙蒙的墙直让人担心它会不会被大一点儿的风吹倒。更要命的是，屋顶上有一个长长的细裂缝，夜里风的唇贴在细裂缝上吹着口琴。但是在方文海他们听来简直就是鬼哭狼嚎，就像那种西北丛林里狼的叫声，是一种隐藏在自然中的恐惧。

在一个太阳出来的日子里，方文海喊上林生拿着伐木的斧头准备砍些修补房子的木材。离驻地不远的地方有一片小树林，他们朝那个方向走去。天空脏兮兮的，阳光很委顿。方文海和林生踏着漫过脚面的青草，迎着潮湿的空气赶路，在一个较高的山头，林生忽然喊住方文海，指着右边远处说：“你看，那里多美。”

方文海顺着他指的方向看过去，那是一片池塘，方文海不能准确地说出它有多大，但是真的很大。至少一艘军舰蹲在里面也没问题。有一群白色的大鸟有纪律地在池边饮水，它们井然有序地立在池边，那些没有饮水的鸟儿仿佛在水中照镜子。池塘边有规律地生长着一片小桦树，树的影子使池水的颜色看起来很深，不过清澈是掩盖不了的，露出水面的石头把水衬得很清澈。这很容易让人对季节产生偏爱，谁也想一年四季都是春天。

告别了池塘，他们走了十几分钟便来到了树林。进了树林他们听到一阵说笑声，寻声过去，原来是附近的村民到这里砍柴，村头卖干柴火的可能就是他们这群人。从他们的眼神中可以看出，他们把方文海和林生当成了自己的同行。方文海和林生选择了一棵个头儿大一点的树动手，不过他们显然低估了这件事情的困难程度。不是只伤了树的皮毛，就是大力挥斧而斧头却陷在树中拔不出来，村民们在这件枯燥的工作中找到了乐子，他们看着方文海和林生互相谈笑。最后，二人费了九牛二虎之力才把一棵较细的树砍倒，然后他们决定把这棵树直接扛回去，把剩下的工作交给曹天悦和叶扬。

回到驻地，曹天悦和叶扬还有女兵们便围住了这棵树，大家感叹着方文海和林生的壮举。

霞姐说："海，你们是怎么把这个大家伙弄回来的。"

方文海自豪地说："靠勤劳的双手呗，我们两个一前一后把树扛回来了。"

"海就是勤劳，不像某些人，还是旧官僚家小姐、太太的脾气，贵气得很。"闻芳脸上的笑容逐渐消失，取而代之的是一副阴阳怪气的表情，话语间透露出一股不屑。

方文海本以为闻芳说的是曹天悦，但是看架势不像。站在霞姐后面的林嘉柔一脸委屈地跑了，没人追出去。方文海知道，女人之间相处的复杂程度能和发明电灯相比，但是之前相处得不是很好吗？也许她们中间出现了什么问题。林嘉柔是她们中间最漂亮的一位，方文海心想会不会是她们心里潜在的嫉妒在作祟。他木然地站在那里，看着林嘉柔远去的背影。

曹天悦有些不悦，皱眉对闻芳说："你是怎么说话的，有什么话不能直说？"

苏静好像不知道内情，一头雾水地问闻芳："又怎么了？"

"今天该她打水，我准备把床单洗一下，可是水缸却是空的，我便让她去把水打满。可她却说现在路滑，不好打水，让我到河边去洗。她上次洗床单的时候，我怎么没看到她走里把路去河边洗呢？不是我小气，她平时一副官僚小姐的样子，还当自己是过去的官家千金呢，什么重活、累活她都不想干。"

苏静说："总要给人家一点时间适应嘛！"

"就为这么屁大点事情，好了，好了，大家干活儿去吧。"曹天悦扬扬手，想替闻芳缓和一下气氛。

方文海站在那里，愤愤地说了一句："以后轮到林嘉柔打水，我替她打。"

大家本来可以开开方文海的玩笑，不过这时候谁也没心情开玩笑。霞姐说："是我不好，没有协调好，让大家之间有了矛盾。但是我希望以后大家能够互相体谅，希望我们能够像一家人那样。"

接着众人便带着各自的心事做事，曹天悦到孙团长那里找锯子，当然，孙团长肯定是没有锯子的，曹天悦是指望他去熟悉的群众家里借。霞姐和苏静出去找林嘉柔。过了一会儿，曹天悦回来了，吹着口哨晃着手中的锯子，于是几个人便忙活起来了。本来是准备要补房子的，锯着锯着几个人便有了做一个简易家具的想法。叶扬说这很简单，他以前见过人家打家具。然后他们便畅想着打几个凳子，打个方桌子，如果木料够的话，再为女兵打一个衣柜。可是这只能让他们在有这个想法的初期有些兴奋，很快他们便发现自己在痴人说梦。方文海用梯子爬上屋顶，刚摆弄了一会儿，就在屋顶看到霞姐和苏静回来了，从她们的表情来看，她们并没有找到林嘉柔。

“没找到，不用担心，过一会儿她就会回来的。”霞姐安慰大家，责怪地看了一眼闻芳，闻芳惭愧地低下头，不敢再说什么。

可是直到快要吃晚饭的时候，林嘉柔还没有回来。于是霞姐让方文海再出去找找看，并且叮嘱这件事情千万不要传出去。方文海知道她是怕上面知道他们队伍不团结，如果没今天的事情，孙团长和其他分队，甚至内部的方文海都认为歌舞分队一直都是很团结的。

外面很冷，方文海真是不敢想象林嘉柔缩在哪个角落里发抖。他丝毫不知道要朝哪个方向去找，但是两只脚却情不自禁地朝小树林走去。路上，他惊奇地发现林嘉柔坐在自己和林生发现的美丽的池塘边。方文海兴奋地叫喊着林嘉柔的名字，林嘉柔只是回过头苦笑了一下。那个时候方文海离池塘很远，他看不清林嘉柔是什么表情，不过他看到了林嘉柔身边的景象。很长时间以来，他都被这种景象感动着。太阳就要掉进池塘里，整个池塘的上空笼罩着一层水汽，折射过来的红光使池塘四周看上去神秘而绚丽。当方文海走到池塘边的时候，一股紫罗兰的香气缭绕在空中，这使他久久不能从刚才的感动中缓过神来。

“这一切简直太美了。”

“是啊，我也这么认为。”

方文海笑着转头看林嘉柔，她的眼角还有未干的泪痕，方文海立即锁住笑，担心地看着林嘉柔说：“不用担心，以后有什么困难我会尽量帮你的。”

林嘉柔的嘴角扬了扬，说：“上次的事情还没有好好感谢你呢，我总是给别人添麻烦。我现在真的很害怕，我害怕自己会变成刺猬，被大家扔在一个山谷里，没有人关心，想喊也喊不出来，只能把话闷在心里。”

方文海不知道该怎样安慰她，他在林嘉柔旁边的一块石头上坐下来。看着池塘里无忧无虑的鱼，方文海叹了口气说：“我们要是这水里的鱼该多好，生来就不知道什么是责任，什么是理想，什么是荣誉，它们也不用知道什么是战争，什么是杀戮，什么是钩心斗角。”方文海情不自禁地笑了笑自己的傻，“可惜我们不是，我们什么都知道。”

林嘉柔想要稀释这伤感的气氛，问方文海：“如果变成鱼，你希望自己是什么鱼？”

方文海想了想，说：“红海里有一种鱼，它毫不畏惧鲨鱼。当鲨鱼把它吞进嘴里的时候，它会立刻分泌出一种毒素，这种毒素能使鲨鱼的上下颚麻痹，嘴只能张开而不能合拢。我喜欢渺小的东西和庞大的东西抗争，比如人类和大自然抗争，和大潮流抗争。”

“我没有你那么伟大，我希望自己是地中海里一条会笑的鲵鱼，边游边笑边唱歌，快乐地活着。”

“不过，你做奥勒什蒂鱼更合适，听说那种鱼是世界上最美丽的鱼。”

林嘉柔笑笑，然后两人就沉默地看着池塘。

“也许在这里你和霞姐是最关心我的。”说这话的时候，林嘉柔有些羞涩。

“我想大家都是很关心你的，闻芳这人嘴快，其实心地还是不错的。就是一些小矛盾，我想我们大家应该互相体谅一些。以后你干不动的活儿让我来干，你也不要去挑她们的理，把心放大一点，做人豁达一点总是好的。”

林嘉柔站起来，拍拍屁股上似有似无的灰尘，调皮地冲方文海笑着说：“你就是个大好人，一天到晚傻乎乎的。好了，我知道了。不过我不剥削你，人家也会剥削你，我挑水的任务就交给你了。”

方文海还没有来得及答应，林嘉柔就迈着步子往驻地走去。方文海苦笑着摇了摇头，跟在后面。

第三章　鸭绿江上的歌声

林嘉柔回来之后，大家都显得格外热情，闻芳也在她们两个人一起洗碗的时候，说了声对不起，歌舞分队又和以前那样像是一家人了。

当天晚上，师部来了命令，要文工团紧急集合。方文海他们是刚刚进入梦乡的时候被紧急起床号叫醒的，大家衣冠不整地跑到集合点，孙团长一脸兴奋地说："同志们，我们很快就要加入抗美援朝战争了。"大家听了这话，都显得很兴奋，有的甚至把帽子抛到空中，好像战争胜利了一样。

那天晚上所有人再也没有睡，大家整理着自己的行装，互相说着以后可能要遭遇的事，奇怪的是谁也没有感到害怕。第二天一早，文工团的几十号人在孙团长的带领下乘坐两辆卡车，奔赴辑安（集安），一个边陲小城。到达那里的时候，方文海心中满腔的热血开始沸腾，他感觉有一种力量在内心深处涌动。小城的街道上冷冷清清，没有多少人对忽然出现的穿军装的文艺兵产生格外的关注。文工团从满浦铁桥先行过江，文工团的计划是等到大部队过江的时候，可以在鸭绿江南岸进行一些鼓舞人心的表演。过江的时候，方文海回头望向祖国的方向，心里面有一些说不出的情感，跟在后面的叶扬也回头看看，然后无声地拍拍方文海的肩膀。

过了江，大家在孙团长的指挥下找掩体，避免被“联合国军”的飞机轰炸，听电台里描述，在朝鲜，“联合国军”的飞机整天“嗡嗡”在人们头顶上飞，就跟讨厌的苍蝇似的。更重要的是不能暴露这次行动，志愿军的参战是秘密的，要给“联合国军”来个措手不及。想想“联合国军”自以为圣诞节之前能够打到鸭绿江，方文海就感到有些好笑。

黄昏的时候，第四十二军队伍从满浦铁桥和临时搭建的浮桥上开始渡江。那一天下着淅沥的小雨，风吹着江边的树发出呼啸的声音。战士们大都头上顶着树枝和树叶，胳膊上扎着白色的毛巾，黄色的军装上没有任何的标志。第一个士兵过江的时候，他兴奋地与文工团的人不停地握手，年轻的脸上透露着蓬勃的朝气。文工团的人开始敲锣打鼓，但是很快被第四十二军的一个军官模样的人制止。

“你们疯了！要是把敌人的飞机引过来，我们都要完蛋。”

看他歇斯底里的样子，文工团的人都好像做错事的孩子一样，低头不语。不知道是谁带头唱起了《东方红》，歌舞分队的人便一起轻轻地唱《东方红》，经过的战士受到感染也跟着一起唱起来。直到文工团配属的第三十八军经过时，大家的兴奋劲儿又重新被点燃，不过照例不准敲锣打鼓。

士兵们轻声谈笑，驮弹药的骡子走在战士的中间，偶尔用鼻子哼唧几声谁也听不懂的语言。除了这些声音外，剩下的就是雨声、风声、远处的几声冷枪声。一匹匹战马从方文海身边闪过，炮车一辆辆有秩序地前进，黑压压的炮管整齐地趾高气扬地朝着一个方向，这一切在一个少年心中留下了难以泯灭的印记。正当文工团准备跟部队一起行军时，一个军官快马加鞭地踏过表演的那块空地，然后就听那军官“吁”的一声，马蹄溅起一片泥水，停了下来。然后那军官掉转马头来到方文海的面前，方文海抬头一看，此人正是英雄团的许团长。

“小毛头，还记得我吗？没想到我们这么快就到了朝鲜。我给你的枪还在吧，我倒要看看你这小鬼能杀几个敌人。”

方文海笑笑，把许团长给他的枪拿出来，兴奋地说：“在这儿呢，我一定不会令您失望的。”

许团长哈哈大笑：“嘴倒是挺硬的，我倒要看看你有什么本事，别给这把枪丢脸。”话还没说完，许团长已经策马远去，消失在浓浓的夜色之中。

文工团和最后过江的一个营一起跟在第三十八军的末尾，

他们朝着江界方向全速前进。根据志愿军总部的指示，三十八军将作为预备队在江界地区整顿，随时准备参加战斗。

几天下来，大家逐渐领略到战争生活的艰苦。白天行军目标过大，容易被“联合国军”的飞机发现。部队一般白天找树林、山洞隐蔽，到了夜晚的时候阔步前进。朝鲜崎岖的山路，使行军进程艰难而缓慢。晚上的崇山峻岭看上去似乎有鬼魅埋伏其间。这样的环境，没人会有好心情。过江时的激情，没过几天就被消耗光了，剩下的就是骂上几句能让心里舒服的话——他奶奶的，这是什么鬼地方。

林嘉柔很快就因为体力不支趴到了方文海的背上，方文海背她一会儿，她自己再走上一会儿，总算还能跟上部队。这些天，部队一直没有生火做饭，战士们吃的大都是干粮。很快有人因为饮食问题得了痢疾，拉肚子，拉得一点力气也没有，有不少人开始掉队。文工团一直照顾着几个掉队的战士，替他们扛米袋和重机枪，搀扶着他们跟着部队走。

后来由于朝鲜战场的局势骤变，第三十八军在没有得到装备更换的条件下接到指挥部的命令——准备参战。于是第三十八军便向熙川挺进，准备占领该地区，并给“联合国军”毁灭性的打击。第三十九军和第四十军，分别向云山、温井方向前进，和第三十八军配合作战。

由于有作战任务，第三十八军的行军显得更加紧张。朝鲜已经开始下起了雪，文工团歌舞分队的人脚上穿的布鞋，只能起到走在磕磕碰碰的岩石上让人觉得不会太疼的作用，唯一欣慰的是布鞋有厚厚的橡胶底。林生最怕冷，他的手上已经有了冻疮，脚上也冻得红一块青一块。晚上躺在外面睡让他越发难受，方文海夜里面把林生的脚放在自己的胸口上，最初的感受就好像胸口被掏空了一块似的。林生感激得哭了出来，不过他也说不出什么像样的感激话，只是他的眼睛会让人觉得他把方文海的行为看得很重。

一路走来，方文海看到的景象是：混乱的难民流、从前线北撤的朝鲜人民军，他们大都紧张、垂头丧气。那些朝鲜人民军可能是刚吃了败仗，没有什么好心情。文工团和一个营与他们相遇在一条细长如长颈鹿脖子般的公路上时，谁也不愿意让路，营长扯着嗓子向人民军的军官叫："老子要去打仗，快让路。"人民军的军官也不示弱，叫嚷着谁也听不懂的话，就是不肯让路。营长又好气又好笑，站在那里不知道该怎么办。霞姐走上前对营长说："让我试试看。"于是霞姐一边说一边做手势，最后大概是人民军的军官不想为难一个小姑娘，又或者是不耐烦了，回头吩咐他的部队，列成一条队伍，让文工团和这个营先行通过。

晚上，孙团长和歌舞分队的人闲聊时说："唉，我们第三十八军可能是入朝部队中最倒霉的一支部队。"

方文海听孙团长的口气，不只是说第三十八军仓促投入战斗那么简单，于是赶忙问：“又出了什么事情？”

“其他部队都已经有了战绩，尤其人家第四十军。我们军还是在解放战争中受过嘉奖的部队，现在弄得好像是散兵游勇似的，听说军部已经和各师之间断了联系，司令部的一辆车也翻了，作战科长还没有打仗就已经受了伤。”说完后，孙团长自嘲地笑笑。

曹天悦一边整理乐器一边抬头对孙团长说：“要是我们能上前线就好了，把第三十八军朝前面调，跟美国鬼子打遭遇战。”

“你个小鬼就知道胡说，你以为打仗是儿戏吗？”孙团长的脸变得严肃起来，“那要彭老总干什么？干脆我们一窝蜂地扑向敌人得了。”

曹天悦只是激奋地随口一说，听了孙团长的话，脸就红了，低头整理乐器，不再说话。

这一晚上，文工团歌舞分队八个人睡进了孙团长不知道从哪里搞来的大帐篷，帐篷本来是白色的，可能担心容易暴露目标，已经被染成了土灰色。叶扬借着手电筒的光写着他的小说，方文海实在睡不着，那个帐篷与其说是帐篷还不如说是睡袋。他看着帐篷外不远处东倒西歪地躺着的已经进入梦乡的战士，而这些人几个月前可能还和妻子散步在林间，或者让儿子骑在背上，或者修剪园子里的花木，或者给家里的老黄狗捉虱子，但是他们现在却睡在异国他乡寒冷的夜里。

方文海看着眼前的一切，他想了很多。他决定到附近的山谷走走，远处长满松树的山峦在黑夜里显得格外阴森，让方文海不敢多看几眼。他沿着被杂草袭占的小路向前，四周是黑色的岩石，这些石头安静地躺在那里，几千年未曾醒来过。方文海曾经在某本书里看到一句话：每一块石头里面都藏着一个雕像。如果照这么说，每个人内心深处都可能藏着一个英雄，他不知道自己什么时候能够成为英雄，但是他觉得自己对这样的夜尚且有些害怕，成为英雄真的不是一件容易的事情。这个时候，他突然在山谷间看到一只兔子，这让他很兴奋，他决定把这只兔子抓回去送给林嘉柔。兔子似乎没有发现自己已经成为别人的目标，依然停在那里似乎在思考问题。方文海踩着枯败的野草发出“沙沙”的声响，这些细微的声音逃不过兔子的耳朵，洁白的兔子撒腿就跑。方文海刚要叹气，但是很快他就情不自禁地笑了起来。原来那兔子好像是腿受伤了，一瘸一拐的样子让人心生怜爱。方文海快速地跟上兔子，兔子显然是伤得不轻，速度只比鸭子跑得稍微快一点。

在一块小空地上，方文海追上了兔子，他连忙俯身把兔子抓住，还说了句：“小乖乖，叔叔抱。”方文海抱起兔子，腾出一只手，把棉衣的里面口袋撕大一些，然后把兔子放进去，那兔子也乖乖地蹲在里面，大概是里面很暖和的缘故。于是，他带着兔子继续向前走，直到走出山谷，爬上了一个山头。他的面前是一条十几米宽的河流，水流湍急，水面上有一条小渡船，小渡船里倒着一条长长的竹篙。方文海想起以前他在家乡撑这种小船过河上学的情景，天气最冷的时候，河面结了冰，小伙伴们带着小板凳，坐在上面让同伴推一下能滑出去好远。在河边站了一会儿，方文海准备折身返回。忽然眼睛的余光注意到河边不远处两间亮着灯的茅屋，从屋里冲出一个披头散发的年轻女人，接着又从里面出来一个看上去有些狼狈的男人。那男人追出来，粗鲁地抓住年轻女人，然后把年轻女人往屋里拽，年轻女人不停地反抗着。

方文海本来是不准备管闲事的，但是那女人被拉进屋之前，死盯着方文海这个方向，那女人一定是在绝望地哀求自己，当然这是方文海自己想的。他犹豫了一下，还是朝茅屋的方向跑去，他一边跑一边用手固定口袋中的兔子。

门是敞开的，里面是男人重重的喘气声，夹杂着几句听不懂的话。方文海什么也顾不得，冲了进去。那男人正趴在年轻女人的身上，年轻女人的衣服已经被撕破。方文海看着身型几乎比自己大一倍的男人，立即拔出了腰间的手枪。

“住手，再动我就开枪了。”方文海用枪指着那男人近乎咆哮地喊，但是他颤抖的手表明了他内心的恐慌。

那个男人掉过头，叽里咕噜地说了几句话，方文海一句也没听懂。方文海知道对方听不懂他的话，但他还是喊了句："快给我滚出去，朝鲜的败类。"

那男人又说了几句话，然后用大拇指擦了擦嘴角的血迹，愤恨地瞪了方文海一眼，走向门口。但是接下来的事情，让方文海惊呆了。

当那男人就要跨出门口时，年轻女人从床上跳起来，一把夺过方文海手中的枪，向那男人连开两枪。方文海第一次目睹子弹穿过人体的场景，那人倒下了，鲜血染红了一块地面。

年轻女人看着那男人倒在地上挣扎了几下不动了，而她则精神恍惚地瘫倒在地上，两眼无神地看着前面的尸体。方文海站在那里不知所措。好半天，年轻女人才回过神来，她站起来面带笑容地打着手势，这时候方文海才知道那女人是个哑巴，然后年轻女人示意让方文海帮她把尸体抬到茅屋后面。他们抬着尸体爬过一座小山，然后年轻女人让方文海在这边等一下，她折身走向茅屋。过了一会儿，年轻女人拎了一把铁锹过来，她开始在尸体旁边挖坑。方文海看她挖得艰难，跟她比画着要替她挖，她居然能领悟，把铁锹递给了方文海。方文海挖坑的时候，年轻女人蹲下身子开始搜那男人的身，搜了一会儿，搜出几张韩币、一块手表、一支钢笔，还有一张印有太极旗的公文。年轻女人把这些东西捧到方文海面前，她那张清秀的脸上露出了真诚的笑容，看她的样子最多二十七八岁。方文海摇了摇头，指了指她的口袋，让她自己收下。他们互相推托了一阵，最后方文海只得收下了钢笔和那张公文，他想公文带回去可能有用，因为他发现那男人的衣服上好像有韩国军队的番号，说不定他是个通信兵，或者是侦察兵之类的。

他们忙了好一阵才把尸体埋掉，回去的时候年轻女人手里多了一个手电筒，有了手电筒山路好走多了。回到茅屋，年轻女人忙里忙外地把房子整理了一下，她让方文海坐在脱漆的桌子旁歇息，并给方文海倒了一杯热茶，然后竟奇迹般地拿出了一个苹果。方文海觉得不应该吃人家的苹果，所以不停地摇头说自己不能吃她的苹果，年轻女人像是明白什么似的，指着矮柜子，伸出五个指头，意思是还有五个。方文海心想，不如就接受吧，带回去让歌舞分队的人分了吃。想到这儿，他突然想到要送给林嘉柔的兔子，赶紧敞开棉衣，只见兔子瞪着两只大眼睛，还是那副可爱的样子。年轻女人看到兔子，兴奋地过来看它。她接过兔子，抱在怀中，好像是在哄自己的孩子。忽然，她指着兔子的腿给方文海看，方文海这时候才看清兔子的伤情，好像是被什么剐掉了一块肉，伤口没有多少血，但是几乎可以看到兔子的腿骨。年轻女人找了一块布条，认真地替兔子包扎了伤口。

方文海顺了主人的意思，在外屋的木板上睡了下来，这是他入朝后睡得最舒服的一个晚上，温暖的被窝简直就是冬天里的天堂。这天晚上他做了一个梦，梦见自己变成希腊神话中那个杀死人牛怪的勇士忒休斯，还梦到自己用蜡油粘住羽毛做成一对翅膀飞了起来，靠着这对翅膀，他飞向光明，飞向太阳，但是太阳烤化了蜡油，羽毛脱落了，他径直从空中掉在地上。这是他第一次系统地体会到什么是死亡。

阳光已经从窗外射进来，年轻女人围着围裙往桌上端着早餐。方文海揉揉睡眼，说了句："早上好！"

年轻女人大概知道是什么意思，对着方文海笑了笑。

方文海伸了个懒腰坐起来，忽然他想到自己离开部队并没有请假，没有人知道自己的行踪，弄不好会违反军纪。他赶紧爬起来，迅速穿好衣服，把兔子放进口袋，同时他也没有忘记把枕头边上的苹果放进口袋。他努力想向年轻女人说明情况，但是实在是说不清楚，于是他只好不顾年轻女人茫然的表情向门外走。年轻女人一把拉住他，指了指桌上，他回头用煎蛋包了一点泡菜边吃边走，年轻女人回房拿了一篮鸡蛋追上来，可是方文海无论如何也不肯收。他努力跑出年轻女人纠缠的范围，然后挥手向她告别。年轻女人恋恋不舍地看着这个少年消失在树林之中。

正如方文海所担心的那样，文工团歌舞分队一早醒来发现方文海不见了，七个人到处寻找无果。霞姐把这个情况汇报给了孙团长，孙团长连忙组织人搜寻。正当大家快要绝望的时候，方文海出现在了文工团的驻地。林嘉柔看见方文海，竟然流下了眼泪，冲过去抱住方文海，很紧，很紧。

“海，你上哪儿去了？我以为你要离开我呢……”

方文海有些脸红，虽然他知道林嘉柔对自己有好感，不过在他心里，林嘉柔就像一位高贵的公主，不能触碰，只能远远地欣赏。

孙团长站在一边干咳了几声，林嘉柔这时候也不理孙团长，放开方文海问：“你怀里是什么东西？”

方文海这时候才想起兔子一直被无辜地夹着，连忙把兔子掏出来递给林嘉柔：“给，送给你的。”

林嘉柔看见可爱的兔子，心情立马就好了起来，开心地亲着兔子。闻芳在一边说：“哟，这还真是伟大，我们的海居然一夜不归为嘉柔捉兔子！”

孙团长在一边厉声喊道：“海，你给我过来。”在文工团歌舞分队成员的影响下，现在孙团长也开始喊方文海为“海”。

方文海跟着孙团长走后，文工团歌舞分队的其他人则聚到林嘉柔身边对兔子动手动脚，看得出大家都非常喜欢这只兔子。

孙团长一边走一边问：“昨晚干什么去了？”

方文海把昨天晚上的经历一五一十地告诉了孙团长，甚至连接受了一支钢笔和一个苹果的事情也说了。他把公文和钢笔交给孙团长，孙团长朝公文上瞄了一眼，就把公文折叠起来放进口带。

“你现在胆子大了，居然敢擅自离队，还帮助别人开枪杀人？”

“那个人想……”

“你别说了，不管怎样，你是不知道别人底细的。擅自离队的罪名就够大了，你先回队，这件事情还没完。”

方文海还想说什么，孙团长已经大步离开了。他闷闷不乐地回到歌舞分队，苏静和林嘉柔还在和兔子不停地亲热。林嘉柔看到方文海回来了，忙把兔子塞给苏静，走上前问：“怎么样，没事吧？”

方文海说：“还不知道，总不能因为这枪毙我吧。”

林嘉柔瞪着方文海，责怪道：“别瞎说，再胡说就不理你了。”

方文海忙说自己是乌鸦嘴，为了消除自己的烦闷，他拿出苹果，举过头顶喊：“歌舞分队的同志们，大家看这是什么。”

所有人把目光聚集到那个红苹果上，曹天悦像是看到了家信一般扑过来。大家笑闹了一阵，最后用小刀把苹果分成八块，香甜、脆嫩的苹果吃在嘴里的时候，所有人忘记了战争，忘记了烦恼，大家享受着短暂的甜蜜。

第二天，一直忐忑不安的方文海得到一个令他想不到的结果——他立功了。原来那个男人真的是韩军某部的通信兵，那张公文上是韩军两个前线营的布防计划，第三十八军根据公文上的内容歼灭了一股敌军。因为这，师里还开会点名表扬了方文海，而歌舞分队的人则说，海是傻人有傻福。

不过第三十八军就没有方文海那么幸运了。先是因为判断失误让韩军第八师全身退出熙川，听说这件事情让首长很恼火。接下来又因为不熟悉地形，没有及时赶到指定地点，让整个包围美军第八集团军的计划落空。

在攻打苏民里地区的时候，林生负伤了，他是站在山头鼓舞士气喊口号的时候被敌人的炮弹掀倒的，那些碎片齐齐地削掉了他半只手。方文海和曹天悦冒着敌人的炮火冲上山头，把他背回来。在送往野站医院的路上，林生一直安慰方文海和曹天悦："没事的，我死不了。"

林生没有死，不过他的一只手是残废了。大家都劝他回国，可是林生执意要留下，他说："比起牺牲的战士这又算得了什么呢？"

文工团里天天谈论着战场上有趣的事情，比如三十九军缴获飞机的事情，还有进攻云山的先头部队在过美国人把守的公路大桥时和美国人握手，而美国人以为是韩军竟然把志愿军放进城中。这些事情大都是从孙团长口中听来的，而文工团也有一批人在三十九军慰问演出。霞姐就曾带闻芳和叶扬到三十九军的阵地上慰问演出。

霞姐是出了名的能说会唱，她把战士们的英雄事迹编成歌，这些歌很大程度上提高了部队的士气。远处的炮火声不绝于耳，“联合国军”的飞机不断地划过天空，悠扬的歌声在阵地上飞扬，伴着美妙的舞步，这一切是对敌人的极度讽刺。衣衫破烂的军人，脸上被硝烟熏得黑一块白一块，他们咧着嘴用疲劳的眼神看着唯一能够让他们神经松懈一下的节目。下一分钟，不知道是谁还能拥有这样美好的回忆。

方文海和歌舞分队紧紧地跟着部队，还有一只兔子。这只兔子渐渐地成了歌舞分队的成员，在文工团中兔子已经被忽略它的“兔子”身份，变得和文工团任何一个成员一样，令人觉得亲切。

在一次部队休整的时候，方文海和林嘉柔来到一片稻田。这片稻田有两个足球场那么大，风吹过的时候，稻田里掀起了“波浪”，一浪一浪伸向远处。天空少有的蓝，和煦的阳光普照大地，有几只鸟由西向东飞。

“嘉柔，我希望战争能够尽快结束。到时候，我把我家后面的土重新翻一下，种上一大片蔷薇，再种上密密麻麻的羊胡子草，如果可能的话，再种上几棵纯白色的满天星和紫蓝色的情人草。嘉柔，你知道那有多美吗？”

“是啊，那有多美啊！”林嘉柔俯身用手尖触碰稻穗，尽量不让方文海看到她的表情。

“到时候我一定邀请你到我家来！”方文海兴奋地看着林嘉柔。

“我一定会去的，不知道那天我们两个站在你家的花园里是什么感觉？”

“我奶奶看到你一定会高兴坏了。”

“为什么？”

“因为你的美丽和可爱会令她觉得我有你这样的朋友是多么的幸运。”

林嘉柔笑笑，方文海接着说：“如果你愿意，我会保护你一辈子。其实我想说的是——咳，不知道怎么说——其实我是说——”方文海的话没有说出口，因为林嘉柔这时候踮起脚尖吻了一下方文海的脸庞。

“联合国军”的飞机飞来了，在稻田的上空扔下了炸弹。他们似乎要完成长官命令扔下的数目，所以他们不是太在意炸弹要落在哪里。没有军事目标的地方也经常受到美国炸弹的照顾，或者能炸熟几只散步的野鸡。炸弹在稻田附近爆炸了，方文海和林嘉柔明显可以感受到一股强烈的气流，但是此刻他们什么也不害怕。

方文海牵着林嘉柔的手，抬头看着远去的飞机，飞机的轰鸣声还回荡在耳际。他突然朝着飞机的方向大喊：“都见鬼去吧。”

等他们回到文工团驻地，歌舞分队只剩下林生和叶扬在帐篷里，一问才知，其他人都去执行掩埋尸体的任务了，叶扬因为发高烧没有同行。

过了一会儿，闻芳气喘吁吁地跑回来，慌张地喊：“出事了，出事了。”

方文海连忙扶住她问：“出了什么事情？”

“我们四个在阵地前沿的一座山脚下掩埋尸体，由于抬担架的人手不够，我和曹天悦便帮忙到前沿抬尸体，当我们第二趟把尸体抬到山脚下时，霞姐和苏静不见了。我和曹天悦四处寻找，就是找不到她们半点影子。曹天悦还在那里找呢。”

“快带我去！”方文海的脸色一下子严肃起来，林生和叶扬也爬起来要求同去，他们跟着闻芳急促地朝出事地点跑去。一路上没有人说话，大概都在猜测可能的结果。曹天悦正蹲在一个个土堆中间低头观察着地面，听到脚步声，抬头看到是方文海他们，忙站起来摇摇头，一脸的伤心。

那是一块山地中绝佳的平地，山是倾斜的，像是遮天的手，“联合国军”的飞机很难炸到这块地方。地面上到处都是血迹，有的已经干硬，深深地浸入泥土。没有掩埋的尸体有的面目全非，有的尸骨不全，反正是惨不忍睹。一个个新砌的土包像是通往地狱的大门，冷冷的，令人生怯。

方文海弯腰从地上捡起一个红发夹，喃喃地问："这不是霞姐的发夹吗？"

林嘉柔从方文海手中抢过发夹，她认得这的确是霞姐的发夹，她看着发夹失魂地说："我经常帮霞姐用这个发夹夹头发。"说完，她情不自禁地哭了起来。

叶扬看林嘉柔哭得伤心，安慰她道："没事的，霞姐那么机智，我相信她一定没事。"

林生观察了一下四周，不由把目光落在红发夹上，他认真地对大家说："霞姐做事很缜密，会不会她留下发夹是一种暗示呢？"

于是大家便七嘴八舌地讨论是什么暗示，讨论的结果莫衷一是，没有人能够从中厘清头绪。最有价值的话是林嘉柔说的，她说红发夹上有一朵花，这朵花的朝向是不是暗示着霞姐和苏静离开的方向。但是在方文海捡起发夹之前曹天悦已经动过了发夹，他当时以为这可能是哪个死者留下的，所以根本没有留意朝向的问题。

大家决定再到四周找找看，两个人为一个单位：方文海和林嘉柔、闻芳和曹天悦、林生和叶扬。绿色的藤枝叶疯狂地生长着，它们几乎把整个丛林装扮得像一个派对场地。那些毛茸茸的叶子蹭在衣服上发出"吱吱"的声响，方文海和林嘉柔走得缓慢而仔细，他们好像担心霞姐和苏静会容身在哪个兔子洞似的。灌木丛里面阴暗潮湿，方文海只能从几棵菩提树的叶子下看到下午的阳光，明晃晃的，但并不温暖。

方文海还在想闻芳和曹天悦走后在那片空地上到底发生了什么事情，霞姐为什么要摘下发夹，它到底暗示了什么……这些问题一直困扰着方文海，他甚至没有心思去寻找。慢慢地，他看到的不是阴冷的灌木丛，而是霞姐和苏静痛苦的脸，耳边也几乎听不到林嘉柔在说些什么，仿佛都是霞姐和苏静喊救命的声音。

他们按规定时间返回到那片空地，却都毫无线索。大家带着悲伤的心情把陆续抬过来的战士的尸体掩埋，一直到傍晚这些工作才基本结束。在掩埋那些尸体的时候，方文海看着那些痛苦的脸，他不知道该用怎样的眼神去面对他们。为了国家，为了荣誉和责任，他们倒在了异国他乡，他们的血流进了另一个国家的土地，而他们的亲人还在远方像往常一样，向菩萨乞求他们平安，菩萨和上帝一样照顾不了这么多的人。

方文海把最后一具尸体放进挖好的坑里时，他流下了眼泪，他的心情是复杂的，为了很多——死亡的同胞、生死不明的霞姐和苏静……夕阳像垂暮的老人，弯着腰向山下走去，余晖就这样慢慢地被黑暗吞噬。“联合国军”的飞机再次在头顶上飞过，又是一阵轰鸣的爆炸声，不知道是哪颗星星又要陨落。

文工团歌舞分队，只剩六个人的歌舞分队，迎着夕阳走向驻地。他们扛着铁锹、斧头、镰刀……一字排开的背影像是要默默地融化在地平线上，他们的心情就像阴雨连绵的天气那样，糟糕透顶。

方文海还在想着红发夹，到底它代表着什么呢？

第四章　深蓝色的坚强

文工团歌舞分队在失去霞姐和苏静之后显得异常混乱，大家像纠集在一起的散兵游勇。孙团长因为歌舞分队一下子失去两个骨干而大为光火，在霞姐和苏静消失后的两天里，孙团长一直没有放弃希望。他觉得她们和方文海那天一样，会自己突然回来，甚至他心里已经准备好了责备她们的话。但派出去的人最终无奈地回来了，孙团长绝望了。

歌舞分队的人整天都绷着脸，大家心照不宣地不多说话，心里默默地为霞姐和苏静祈祷。方文海则整天想着那个红发夹，他内心固执地认定那是一种暗示，红发夹扔在一个死人的旁边，“夹”字加上“人”字是一个“侠”字，另外根据他的了解美国鬼子大都是金黄色和红色的头发，难道是红发侠，是美国鬼子把她们劫走了？他把他的想法告诉林嘉柔，林嘉柔说她并不清楚美国鬼子头发的颜色，不过如果他把这些说给其他人听，别人是不会相信的。

林嘉柔说得很对，方文海把他的这个想法告诉叶扬时，叶扬认为方文海是神经过敏了。

即使歌舞分队处在情绪最低落的时候，他们也没有把这种情绪带到前线阵地上，他们时刻告诉自己：我们是志愿军战士，我们来自伟大的祖国，来自勇者之乡，歌声和舞蹈是我们指向敌人的卡宾枪。

在霞姐和苏静消失的第三天，孙团长领来一个朝鲜少年。

“我向你们介绍一位新朋友，他叫金哲，会讲中文和朝鲜文，是人民军派给我军的，方便我们以后开展工作。现在我就把他交给你们歌舞分队。”

曹天悦带头鼓掌，在霞姐不在的情况下曹天悦已经被任命为歌舞分队的代队长。

方文海一边鼓掌一边注视着这个朝鲜少年。他的皮肤黝黑，脸形有棱有角，看上去有些英气，眼神中带着接触新环境的羞涩，他的头发像是很久没有梳过，衣服也是破破烂烂的，看得出来因为是第一次见面，他已经对衣服进行过小修小补。

“很高兴认识你们。我的父亲参加了中国的解放战争，和中国人战斗在同一个战壕里，并为此付出了生命。我要和父亲一样，和中国人战斗在一起，我想父亲会因为我的行为而感到骄傲。”当金哲带着坚毅的表情把这句话讲完时，在场的所有人都感觉到一股澎湃的激情在内心深处涌动，大家情不自禁地对金哲产生了好感。

孙团长看着金哲和歌舞分队的人相处很融洽，他饱经沧桑的脸上露出了久违的笑容，不过笑容很快就消失了，他倒背着手严肃地说："另外要和你们说一件事情，我们文工团在前线架的高音喇叭，主要是对敌广播和对内鼓舞宣传用的，对作战来说作用非常大。但是由于敌人炮火的轰炸，现在工作很难开展，估计线路有多处被炸断。现在需要紧急抢修，你们谁愿意去？"

大家都举手要去，包括两位女战士。

"这次任务非常危险，因为电线离敌人的阵地太近，随时可能被发现，电线铺设的位置基本上都在敌人机枪的射程之内，还有敌人不间断的轰炸。"孙团长提醒大家这次任务比在后方表演节目危险得多。

方文海向前一步说："团长，让我去吧。人太多容易暴露目标，就让我一个人去吧，我保证能够完成任务。"

孙团长看着方文海，他对眼前这个憨厚的少年一直充满了好感。正在他考虑是否让方文海一个人去的时候，金哲用中文有些艰难地说："团长，让我和他一起去吧，两个人也好互相照应，目标也不是很大。"

曹天悦在一旁叫嚷："怎么能让新同志去呢？要去也是我

和海去。”

金哲表现得异常固执，他说不管怎样他都要跟过去。孙团长考虑了一会儿，决定让方文海和金哲去，并且强调如果敌人的炮火实在太猛，就不要勉强，要懂得珍惜生命。曹天悦则接受孙团长的安排，带着其他人去一个团部为炊事班和团领导表演节目。

曹天悦带着其他人先出发，方文海和金哲要到晚上的时候才出发。林嘉柔在和方文海告别的时候，他们都有些舍不得。他们站在光芒耀眼的天空下，远处浮云低吻着群山，烽烟四起。

“我们都不会死，请相信我，我们一定能够安全地回到我们的国家。”

“我相信，我们还会一起站在你种的花园之中赏花。”

方文海笑了笑，替林嘉柔把一缕吹乱的头发顺到耳后。“是的，我奶奶一定高兴坏了。”

林嘉柔会心一笑，她的手从领口伸进衣服，掏出一个深蓝色的香包，然后把香包从那白皙的颈上拿下来，挂在方文海的脖子上。“这是我妈亲手缝制的，我已经戴了很长时间了，它会保佑你的。”

当香包靠近方文海的鼻子时，一股体香扑鼻而来，香包已经没有了原来的香气，只剩下林嘉柔身上的味道。

曹天悦和其他人已经踏上了蜿蜒曲折的小路，他们看着方文海和林嘉柔，过了好一会儿曹天悦朝林嘉柔喊：“我们要走了。”

林嘉柔回头看了一眼，转过头，深情地看着方文海，她边倒着走边摆手说：“海，让我们一起坚强地活下去。”倒着走了几步，她转身朝队伍跑去，再也没有回头。方文海向林嘉柔的背影挥手，并低声自语：“我们一定会活着站在花园里的！”

等方文海回到歌舞分队临时住的小屋时，站在门口的金哲笑着问：“她是你的女朋友吧，她看上去很美，就像春天里开的金达莱。”

方文海笑笑，算是他对这个新朋友与他的第一次交谈做出了回应。下午的时候他们没有多少对话，只是一起研究了一下前线的地形。到了黄昏的时候，他们出发了。绕过一个志愿军防线，接近前沿阵地的时候他们感觉大地都在颤抖。远处的炮弹像火蛇一样朝他们飞来，方文海感觉每颗炮弹都似瞄准了他，每一颗都要在他的头顶上方爆炸。他和金哲艰难地爬上一座山，他们要翻过这座山才能到达指定的地区。夜间爬山是困难的，何况是冒着密集的炮火。金哲像是看不到危险似的，格外卖力地走在前面。方文海跟在他身后，心里面开始觉得金哲有些逞英雄。

这时候，一颗炮弹在他们身边爆炸了，强大的气流把毫无准备的方文海掀倒。他的脚踩到了碎石，整个身子开始向陡峭的山坡下滑去。就在这千钧一发的时刻，金哲回过身来，一把抓住方文海的手。方文海的胳膊承受着身体的重力冲击，他本能地大喊一声，然后扭头朝下面看，这一看把他吓出了一身冷汗，这个山体几乎与地面呈 120 度角，其间密布了乱石，各种形状的都有，黑暗中像是伸出地表的刺刀。如果掉下去的话，就算不死，也会被撞成残废。

“千万别松手！”金哲大声喊，在夜空中像是狼嚎。

方文海和金哲的脸如此接近，他看到金哲脸上的表情是那么的痛苦，他感觉金哲比自己更痛苦。这时候，他看到有液体顺着金哲拉他的手臂往下流，那液体像是壁虎一样贴着肌肤往下爬，直到顺流至方文海的肩膀上，方文海才借着微弱的光看清，那分明是鲜血，带着热气的鲜血。

“你流血了？”

金哲没有回答，他大口大口地喘着粗气，睁大眼睛看着方文海，说了一句：“抓紧了！”

这时候敌人的炮火更加猛烈了，不时有炮弹在金哲的身边爆炸，机枪的子弹打在松软的泥土里发出很闷的声音。被炮火掀起的灰土像雨滴一样落下，打在金哲的脸上、身上。金哲的几次努力都没有把方文海拉上来，甚至有一次差点脱手。方文海这时候几乎绝望了，他对金哲说：“松手吧，不然你也会死的。”

金哲还在喘着粗气，他的眼睛在黑夜中格外明亮，他用嘶哑的声音说：“别放弃，只要有最后一线希望我们就不能放弃。”

方文海听了这句话很感动，对方和自己才相识一天，甚至还不到一天时间，却能在自己危急关头出手相救。这种精神怎能不让人感动呢？在金哲的感染下，方文海决定最后一试，在情急中他脚下踩到一块伸出来的岩石，他的另一只手也抓到了一块石头。这样为金哲省了不少气力，然后金哲拼了全身的力气把方文海的上半身拉了上来，方文海用自己的另一只手死死地抓住地面的凹凸处，鲜血都磨了出来。金哲费了九牛二虎之力把方文海拽了上来，上来之后，两个人坐在地上惊魂未定，硝烟弥漫在他们的四周。

“谢谢你，金哲兄弟！”方文海灰头土脸地看着金哲，真诚地说。

“你叫我什么？”

“金哲兄弟！”

金哲傻呵呵地笑了，他就着坐地的姿势跪了起来，抱住方文海，并用双手拍拍方文海的后背说：“这没什么，方文海兄弟！”

两个人此刻感受到对方的坦诚，一股暖流在彼此的身体里流动。

“因为我的名字太生涩，他们都叫我海。‘海’很亲切，你也叫我海吧，我很喜欢这个名字。”

“好的，方文海兄弟！”

“你叫错了。”

两个人在被炮火照得时暗时亮的山头上，灰头土脸地朝着对方咧嘴笑。

方文海和金哲站起来，他们还没有完成任务，他们还需要迎着炮火继续向前。方文海这时候才清楚地看到金哲确实受伤了，他的棉军装破了一个大口子，鲜血染红了一大片衣服。方文海让金哲站住，然后把他拉到一个大石块后面。方文海扒开金哲的衣服，他看到金哲的后背靠近肩膀处被炮弹削去了一块肉，他为金哲简单地包扎了一下，包扎的时候方文海问金哲：“你不疼吗？”

金哲笑着摇摇头，说：“不疼，想到要完成任务好像感觉没有时间和精力用在这个伤口上了。”

“要不你在这里，我去接完线再过来……”

金哲忽然板起脸，打断方文海的话说：“这样你就不是把我当成兄弟，我不是来听炸弹爆炸声的，我是来完成任务的。”

方文海也不再说什么，他把金哲扶起来，然后两人小心翼翼地向前摸索，他们每向前一步就距离死亡更近一步。很快，他们来到铺电线的地区沿着线路查看，看到被炸断的地方，他们便用带来的电线重新连接起来。在此过程中，他们需要不断地躲过敌人的炮弹，那些炮弹像在挖掘坟墓那样，刨开一个又一个大土坑。他们带来的电线很快就用完了，但是他们又发现了一个大的连接断口。方文海让金哲在四周找找有没有炸飞的电线可以用，自己顺着断口继续向前检查，方文海仔细地把前面一段检查了一遍，从大断口到喇叭处的电线一切完好，于是他折身返回发现大断口的地方。金哲正在那里焦急地寻找，看样子他是没有找到可用的电线。此时离部队进攻的时间越来越近了，他们两个都为没有完成任务而感到万分懊恼。这时候，方文海突然想到人也是导体，而且这是低压线，于是他拿起一个线头，却怎么也够不到另一个线头。金哲看到方文海的行为，很快明白了他的意思，于是他用一只手拉住方文海的手，用另一只手捏住了另一个线头。

高音喇叭的声音又响了起来，响彻整个战场的上空，那激情昂扬的志愿军军歌这时候在方文海和金哲听来是世界上最美妙的音乐，堪比贝多芬的任何一个曲目。他们已经把生死置之度外，炮火在他们身边肆意掳掠生灵，但是他们就像两面国旗一样，屹立不倒。

“海，我以前给一个修表师傅当学徒，我最大的理想就是在平壤有一间自己的修表铺。我可以在任何时候开门，在任何时候打烊。”金哲大声地喊。

“金哲兄弟，到时候我手表坏了，我也会从中国赶到你在平壤的修表铺，让你替我修表。”

“好的，没问题。我还会送你一瓶手表润滑油，让你的手表永远保持灵敏。”

“那会不会不准呢？”

“当然不会，我可以向上帝保证：我修过的表是那样准确无误。”

正当他们谈兴正浓的时候，进攻的号角吹响了，高音喇叭里也传来鼓舞人心的冲锋声，敌人在中国军队大无畏精神的进攻下，渐渐地支撑不住了，枪炮声越来越稀疏。方文海和金哲本以为这次一定是凶多吉少，不过也许是上苍的垂顾，他们竟活了下来。而他们因为此次的英勇表现获得了朝鲜国家勋章，两人的故事也被歌舞分队编成歌曲，准备在新年晚会上演唱。

金哲也因为这件事情，很快被歌舞分队的人接纳，大家开始把他当作自己人。方文海把歌舞分队的事情讲给金哲听，包括霞姐和苏静失踪的事情，当然还有那个红发夹。方文海把那个红发夹拿给金哲看，并说了自己的猜想。金哲对这件事情很感兴趣，他反复观察方文海收藏的红发夹，忽然，他像发现新大陆那样惊呼道：“这是什么？”

方文海看着金哲从红发夹铁片与塑料接口处抽出一片小小的叶子，叶子已经没了水分，开始发黄。金哲拿到鼻子前嗅嗅，很肯定地说："这是忍冬科的六道木！"

"六道木？"

"是的，它的茎有一到三米高，是一种落叶灌木。结果的时候上面还残留着花萼，主要生长在孟山一带，这里很少出现的。"

"霞姐的发夹里怎么会有这种树叶呢？"

"这个我也不清楚，"金哲有些无奈，不过很快他像换了个人似的，高兴地晃着指头说，"我知道了，我知道了。"

方文海抓住他的肩膀兴奋地问："你知道什么了？"

"我听说孟山一带有一伙土匪，他们号称六道木军，专干一些烧杀抢掠的坏事，政府已经对他们打击过了，不过好像又死灰复燃了。他们一般头顶着六道木的叶子，并以此来作为自己的标志。霞姐她们是否可能被他们掠去了呢？"

方文海觉得很有可能，于是问："如果真是他们干的，那我们该怎么办呢？"

"这我真的不知道，因为他们居无定所，要找到他们真的很难。这件事情只有从长计议了。"

方文海摇摇头，看着孟山的方向，心里默默地问：霞姐，苏静，你们到底在哪儿啊？

朝鲜又下起了雪，这场雪一直下了一天一夜。屋顶上，平地上，沟壑里都落满了雪。方文海看着白雪皑皑的世界，一瞬间，他产生了一种幻觉——战争已经结束。这洁白的世界让人无法把它和战争联系在一起。

这个驻地是文工团进入朝鲜后驻扎时间最长的，这是一个百户人家的小村。朝鲜人民对文工团的战士非常热情，把仅剩下的粮食分给他们。村里基本只剩老人、妇女和小孩，年轻的男人扛起了枪参加了人民军。文工团在没有任务的时候会为村子里的朝鲜人民表演节目，和朝鲜人民一起在田间劳作。

林嘉柔是最受村子里的小孩喜爱的，一是因为她人长得甜，二是因为她有一只一直跟随她的兔子。在林嘉柔的悉心照顾下，兔子的腿伤已经好了，它似乎对林嘉柔有了感情，即使把它放到林子中它也不会乱跑，而是紧紧地跟着林嘉柔的步子。孩子们喜欢兔子，因为他们和兔子一样天真，他们以为世界上最美妙的事情大概就是在雪地上和兔子追逐玩耍。

没事的时候，方文海会坐到门槛上，看着林嘉柔和孩子们在雪地中玩耍，到了下晚的时候，他会想起要到村外为林嘉柔摘几朵花。花是讨厌在这个时候开放的，而野草几乎从不遵守自然界的秩序。方文海根本不懂花，只要哪棵植物有着除绿色以外的颜色，那么他就认定它是花。他甚至不知道康乃馨应该是送给情人还是送给亲人，当然他也不知道玛格丽特代表期待的爱，不知道不同的玫瑰数目代表着不同的含义。

林嘉柔拿着那些方文海不知道从哪里摘来的野花，而其实那并不是什么野花，只是一些色彩鲜艳一点的草。不过林嘉柔已经很满足了，除了有点冷之外，她觉得自己成了童话里的公主。她这样想。

这样平静的日子并没有过多久，在地上的积雪还没有化尽的时候，又来了一场雪。雪花像沙尘暴那样在空中肆虐地飞舞，天空像是涂了厚厚一层奶油的面包片，而雪花则是面包屑，不过似乎没人对它有什么好感。这些天，方文海一直有一种不好的预感，他总觉得有什么事情即将发生，他想这种不可名状的心慌是在朝鲜的各国的士兵都应该有的正常情感，他只希望一切能够平平安安。不过天违人愿，在一个晨雾没有散尽的早晨，一队韩国兵开着坦克和卡车出现在了村头。仓促的撤退使他们像丧家之犬一样慌不择路。村子里本来有一支志愿军的预备营，这时候也被拉走执行任务去了，只剩下一些伤兵和一个排的兵力。这支撤退的韩军大概有一个团的兵力，基本上都是韩国兵和一些美国顾问团成员。他们虽然是在撤退，但武器依然精良，而且他们的人数占了绝对优势。

曹天悦让歌舞分队的成员紧急疏散群众，把他们护送到村后的山中。村子里面混乱不堪，到处是孩子的哭声、妇女的尖叫声、牲口的哀鸣声、枪声、韩国兵的叫嚷声，还有就是坦克轮带压过地面的声音。后山更是混乱不堪，有的人扛着大件行李奔走，他们似乎觉得什么都重要，大大小小的东西加起来体积比人还要大；有的甚至带着牲口，那些牲口堵在小路上，令后面的人反感不已……就在人群拥挤的时候，“联合国军”的飞机来了，它们飞得很低，在确定不是韩国部队后，他们开始向人群扫射，不时有人被击中，其中有文工团战士，也有普通的老百姓。

人群更加慌乱，人们根本不顾前面还有几百米就是防空洞，开始四散逃窜。这时候从人群中冲出一个披着国旗的女孩，她边跑边抬头看头顶上的飞机，像一个勇敢的斗牛士一样。鲜艳的五星红旗在白色的雪地里那样醒目。她朝着防空洞相反的方向奔跑，炸弹落下来，在她的身旁爆炸，子弹与她擦肩而过。她依然披着鲜红的国旗奔跑，“联合国军”的飞机追着她，她似乎一点也不害怕。终于，一梭子弹从她的身体穿过，带着有温度的血落在洁白的雪地上，她倒下了。

方文海把群众领进防空洞，他才得知刚才的那个女孩是林嘉柔。他发疯似的要往外冲，金哲从身后紧紧地拉住方文海。因为女孩引开飞机而得以安全进入防空洞的朝鲜乡亲看到这一幕无不动容，他们对这样一个女孩感到惊讶和敬佩。

飞机飞走了，人们冲出防空洞，奔向女孩。方文海跑在最前面，他悲恸欲绝，不知道自己是以一种怎样复杂的心情扑到林嘉柔身边的。他托起林嘉柔的头，她的半边脸上因埋在雪里而沾满了雪花。方文海撕心裂肺地呼唤着林嘉柔的名字，一遍又一遍。林嘉柔用最后的力气慢慢地睁开自己的眼睛。

“嘉柔，你怎么这么傻？”方文海掉下了眼泪，滚烫的眼泪滴落在林嘉柔美丽的脸庞上，并顺着她的脸庞滑落在地上，在地上打了一个深深的洞。

林嘉柔努力地笑着摇摇头，艰难地说：“我想……我不能陪你去看……你奶奶了。”

“不，你不能就这样死了。你答应过我的，我们都要活着回去，去我种的花园。”

“我……多么想有那么一天！”

“会有的，会有的，这一天很快就会来到。”

闻芳跪倒在雪地中，一把抓住林嘉柔的手说：“嘉柔，我对不起你。我以前一直和你斗嘴，其实我……”

林嘉柔转过头看着她，微笑着打断她的话：“我知道，我没有……怪过你。我们……依然是好朋友。”

闻芳的眼泪止不住地往下掉，她觉得对不起林嘉柔，此刻她的心里充满了歉疚。

林嘉柔把目光又重新放到方文海脸上，微笑着说：“海，别伤心，我相信……我会上天堂的。”

方文海哽咽着说：“是的，你会上天堂的，一定会。”

林嘉柔慢慢地闭上眼睛，像她慢慢睁开眼睛那样，她的脸上带有微笑，那么地从容、美丽，就像天使一样。任凭方文海怎样呼天抢地地呼叫，林嘉柔再也没有睁开眼睛。方文海大吼了一声，像野兽的仰天长啸，他把林嘉柔的脸紧紧地埋在自己的怀里，泪水模糊了他的视线。所有的战士自发地摘下他们的帽子，向林嘉柔的尸体敬了一个标准的军礼，这是对英雄的最高敬意。

“老子跟他们拼了！”曹天悦大吼一声。很多文工团的战士纷纷响应，他们在曹天悦的带领下冲回村子，方文海把林嘉柔的尸体轻轻放下，默默地跟在这个队伍后面。

村子里的枪炮声一直没有间断，驻守的一个排在和敌人做殊死搏斗，曹天悦带领大家加入了战斗。文工团的战士手中的枪并没有配备很多子弹，子弹很快打完了，他们就用牺牲的战友身上的武器、用敌人尸体上的武器继续战斗。手榴弹、爆破筒的爆炸声在村庄上空此起彼伏，方文海在敌人的尸体上把一挺机枪掉转枪头，利用沙包的掩护，向敌人疯狂地射击。敌人被这种气势震住了，几次被打退之后，再也没有人敢轻举妄动了。不过，敌人很快摸清了情况，发动了更加猛烈的进攻。

文工团里有个小战士悄悄爬上了敌人的坦克，他打开坦克的舱盖，把捆好的手榴弹扔了进去，就在他飞身跳下的过程中，坦克爆炸了，冒着滚滚的浓烟，停在路旁不再动弹。在这个小战士的鼓舞之下，大家拿出了更大的杀敌勇气，他们喊声震天，压制住敌人不断的进攻。但是敌人的人数实在太多，一个排的兵力基本上已经消耗光了，文工团也死伤惨重，排长决定向后山撤退，要求曹天悦带着文工团的其他人保护群众向临川方向撤退。曹天悦让文工团的联络员先向临川的孙团长通报这里的情况，并向上级请求增援，以防止敌人的追击。曹天悦不知道敌人是不可能追击的，他们甚至连这场仗都懒得打。他们的目的是赶紧撤到三八线之后去，要不是今天文工团碰到了他们的枪口上，他们绝对不会在这个不知名的小村庄恋战的。

曹天悦在撤退的途中发现队伍中没有方文海，于是问身边的金哲："方文海上哪儿去了？"

金哲这时候也注意到了队伍中没有方文海的身影，忙说："撤退的时候我好像就没有看到他。"

"难道他还在村子里？这个方文海，难道他要殉情不成？"曹天悦责备方文海不知道珍惜自己的生命。

"队长，我回去找他吧！"

"好吧，希望你们都能平安归来。"

金哲回头向村子跑去，没跑几步就被闻芳叫住。"告诉海，我们把林嘉柔埋在防空洞旁边的一棵桦树旁。"

当金哲赶回村子时，敌人已经撤退了。村子里硝烟弥漫，地上横七竖八地躺着各种姿势的尸体，简直就是人间地狱。金哲一边大声喊着"海"，一边不情愿地在地上的尸体里查看面孔。他走到一间朝鲜房屋附近的时候，突然听到里面有扭打的声音，金哲从窗户跳进去。有两个人在屋子的一角扭打在一起，双方都是一副要置对方于死地的样子。金哲仔细一看，那个被压在地上的人不正是方文海嘛！他连忙把和方文海扭打在一起的韩国士兵钳制住，方文海从地上爬起来，发疯似的向被金哲钳制的韩国士兵拳打脚踢。金哲松开奄奄一息的韩国士兵，拉住情绪失控的方文海。

“海，你怎么了，你快要把他打死了。”

方文海瞪着血红的眼睛，一只手指着瘫倒在地上的韩国士兵，歇斯底里地说：“这种人还值得同情吗？我就是要杀了他！”

“海，你醒醒吧。杀嘉柔的并不是他。”

“该醒的是你，我并不是为了嘉柔，我只知道这是战争，他是我们的敌人。”

“你在欺骗自己，你以前不是这样的。”

方文海不顾金哲说什么，他只想再向那个韩国士兵踹上两脚，最好能让他断气。但是金哲拦住了方文海，他用一种坚定的眼神看着方文海说：“你们中国人是不杀俘虏的，你是在违反志愿军的纪律。”

方文海瞪着金哲看了几秒钟，然后愤恨地转身出去。当他看到村子里到处躺着的尸体，一股浓烈的伤感蓦地爬上心头，这种伤感甚至让他喘不过气来。他朝后山走去，他要去看看他心爱的嘉柔。林嘉柔的尸体已经不在原地了，不过那块她躺过的地方让他呆望了很久。也许是歌舞分队的人已经把林嘉柔的尸体掩埋了，他这样想。于是他到四周寻找掩埋的地点，很快他就发现防空洞旁边的桦树下有一片新翻过的土，上面有一个小牌子，牌子上写着：战斗英雄林嘉柔。

方文海冷笑了一声，嘴里反复念叨着："战斗英雄，战斗英雄，战斗，英雄……"

然后他又开始哭了，说些只有他自己能听清的话，大意就是林嘉柔死得太早，他们以前时光是那么的美好。

金哲不知道什么时候来到了桦树旁，他和方文海并排跪着。两人沉默了很长时间以后，方文海擦了擦眼泪，看着前方问："那人怎么样了？"

金哲悠悠地回道："没有什么大碍，我把他放了，他答应我再也不参加战争了，他会回春川老家去种田，过平静的生活。"

方文海再也不说话了。天已经很黑了，村庄里没有半点亮光，远处曳光弹、照明弹、信号弹把夜空照耀得那么虚幻，那么不切实际。

第五章　战壕中蔓延的思念

方文海和金哲告别了林嘉柔，他们向队伍赶去。匆忙中他们居然没有带上干粮，方文海已经一天没有吃任何东西了，饿得发晕，于是他们便放慢步子。途经一片茂密的桦树林时，他们停下来，方文海背靠着一棵树坐下，金哲出去找吃的东西。过了好长时间，金哲面带笑容地跑回来了，手里拿着四个鸡蛋。

方文海奇怪地问："哪儿来的鸡蛋？"

金哲边把三个鸡蛋递给方文海边说："前面一座山的山腰上，有一个鸡圈。大概是哪家为了防止被抢，或者是为了避免遭到轰炸，才把鸡圈盖在山林中。"

"拿群众的东西不好吧？"

"我在鸡圈里放了钱，应该够买这些鸡蛋了。"

方文海接过两个鸡蛋，还有一个无论如何也不要。

"你拿着，我已经吃了两个了，因为路上太饿。一人三个，你拿着。”金哲又把鸡蛋推给方文海。

方文海还是有些怀疑，但是实在拗不过倔强的金哲。然后他用针在鸡蛋上凿了一个洞，用嘴去吸食鸡蛋，他又用同样的方法吃了其余两个，这样吃是为了减少腥味儿。金哲则不在乎什么腥味儿，利用树把鸡蛋打碎，直接倒进嘴里。

吃完东西，他们似乎恢复了些体力，大踏步向前面赶路。一直到晚上，他们爬上了一座高高的山峰，站在山峰上他们可以看到激烈的战争在远方进行着，那片天空被炮火映得惨白。

“海，你知道这是什么峰吗？”金哲迎风站着，与山峰相比，他是那样渺小，却又那样坚毅。

方文海摇摇头。

“这个山峰叫兄弟峰，战争没有开始之前我就住在这附近，我和小伙伴们经常到山峰上玩，捉迷藏，打雪仗。”金哲好像陷入了美好的回忆，脸上露出了天真的笑容，继续说着，“真怀念那些时光，现在想想就好像昨天一样。我有的时候想，我们这一代人真的很不幸，只是希望以后的人不要再经历这样的事情了。”金哲抬头看向天空，遥想着未来，似乎在和未来时代的人进行交流。

方文海拍了拍金哲的肩膀，说：“金哲兄弟，战争很快会结束的，会的！兄弟峰上会长满杜鹃花，山脚下是一望无际的稻田，人们唱着歌在田里劳动。公路上是川流不息的车辆，高楼在稻田边拔地而起。飞机再也不会扔下炸弹，人们可以神情自若地抬头看着把旅游的人们送往目的地的飞机从头顶飞过。”

“你所说的世界会降临吗，那是多美的景象啊！”

“一定会，我坚信会有这么一天的。”

他们在兄弟峰上休息了一会儿，突然，他们发现前方有一大群人朝这边涌来。金哲看了一眼方文海，对他说：“不会是敌人吧？”

“看看再说！”

方文海和金哲趴在硌人的石子上，一动不动，卡宾枪已经装上了子弹。等队伍走近了，他们才发现是村子里的乡亲。于是他们赶紧下去与他们相见，村子里的人看到方文海和金哲时，显得非常高兴，把他们围住问分别后的情况。一个朝鲜小孩跑到方文海面前，捧着一只兔子，说了一串话，一边说一边掉眼泪。金哲在一旁为小孩翻译：“他说，这是嘉柔姐姐的兔子，他非常喜欢嘉柔姐姐，长大后要为她报仇。”

方文海摸了摸小孩的头，那小孩的头发稀少得可怜，眼睛深陷，似乎已经得了重病。方文海努力使自己不去想林嘉柔，他弯腰对那孩子说：“这只兔子送给你吧，就好像嘉柔姐姐陪在你身边一样。”

小孩听了金哲的翻译，忍不住又哭了起来。方文海再也控制不住自己，眼泪像泉水一般涌出。

朝鲜的乡亲们听说敌人已经离开了村子，所以他们决定返回自己的家园。不过他们的房屋基本已经被烧毁，他们如果看到村子的残破景象会是怎样的心情呢？方文海不敢去想，就像不敢去想林嘉柔那样。

护送朝鲜乡亲回去的是林生和叶扬，他们看到方文海也是兴奋不已。在兄弟峰脚下，四人和朝鲜乡亲挥手告别，他们希望有朝一日能够重回村子与朝鲜乡亲相见。方文海、金哲、林生、叶扬四个人站在兄弟峰上看着朝鲜乡亲在山间小道上渐行渐远。

有林生和叶扬带路，他们不必再走弯路，再加上林生和叶扬还带来了干粮，他们也不必饿着肚子赶路了。四人在冰天雪地里翻山越岭，深一脚浅一脚地向部队靠拢。方文海的脚冻得失去了知觉，雪水已经在鞋子里结成冰，其他三个人也出现了这种情况，于是他们停下来用手和身体把脚焐热。林生的手受过伤，于是其他三人便轮流为林生焐脚。等到脚冰凉得失去知觉，他们再停下来把脚焐热。即便有大家的帮助，林生的脚还是被冻伤了，里面的细胞似乎已经坏死，整个脚至小腿处开始发青。金哲用林子里的粗树枝编了个简易的担架，三个人轮流抬着林生向前走。

翻过了群山，前面是一片平原，大部队就在平原的西北方向。不过进入平原前他们需要先跨过一条江，这条江上显然有大兵团经过的迹象。被炸断的浮桥，水面上互相撞击的浮冰，水中的尸体，漂浮着的军黄大衣，还有江两边被踩踏得发黑的积雪。方文海站在江边，极目远眺，却看不到江那边有半点儿人烟。

“我们得跨过这条江！”叶扬在方文海的身后说。

“你确定部队就在前面吗？”和叶扬一起抬着担架的金哲问。

“我确定。平原西北有个村庄，曹天悦会在那里等我们。”

方文海看着江水，自问道：“我们怎样过江呢？”他走下水，试了试水的深浅，幸好水不是很深，最深处大概到肚脐的位置。“大家脱掉裤子，把裤子缠在脖子上，我们蹚过去。”

金哲和叶扬想，也没有其他办法了，放下担架开始准备。

“我连累你们了……”林生躺在担架上几乎带着哭腔说。

三个人都责怪他说的是什么话，都是兄弟，互相照顾是应该的。

三个人抬着担架下水了，那江水冷得几乎让三个人尖叫起来，为了保持平衡，不让林生掉下来，他们还必须慢慢地走，慢慢地感受这种刀割般的寒冷。江中心的水流得很急，一块很大的锋利的冰撞在方文海的腿上，他一个踉跄，担架剧烈地晃动了一下，差点把林生摔到水中。好不容易过了江，三人各自检查一下，腿上都有几处被冰撞青的地方。坐在雪地里，他们冷得上下牙齿打架，裤子穿起来跟没穿那会儿一样。干粮也已经不多了，他们必须尽快赶到接头的地方，不然会冻死饿死在这冰天雪地里。

在过江的时候，他们丢失了队伍中唯一认识路的指南针。这时候他们只能靠太阳来辨别方向了，不过这个太阳是不怎么尽职的，它看上去就像油布上画的太阳，然后又被人泼了一盆水，就是那种感觉。

不过方文海认为上苍在保佑他们，因为地面上有一条往西北方向的人迹，这条人迹并没有完全被雪覆盖，依稀可以辨别。这时候在他们看来，这条隐隐地伸向远方的“丝带”，几乎是通往天堂的路。

他们沿着这条痕迹在下午的时候赶到了接头的村庄，可曹天悦已经不在这里了，接他们的是很久没见的孙团长。在村头第二间屋子里，孙团长为他们四个人倒了四杯热茶，他们用双手捧着热茶。

孙团长问林生：“你怎么样？”

叶扬抢着说：“他的腿冻伤了。”

孙团长查看了林生的伤情，脸色忽然变得很难看，他跑到外面叫了两个文工团战士，让他们立即把林生送到战地医院。

方文海看着林生依依不舍的眼神，然后把目光移到孙团长身上，焦急地问："林生的伤不严重吧？"

孙团长摇摇头，叹了口气说："他的腿可能会废掉，不过希望有奇迹发生。"

方文海、金哲和叶扬静静地看着孙团长。

"我们文工团这次损失严重，几乎减员一半。你们歌舞分队走了霞姐和苏静，这次又牺牲了林嘉柔，不过林嘉柔应该是你们歌舞分队的骄傲，她死得其所。唉，都怪我，没能和你们在一起，出了这么大的事情，我应该负全责。"

方文海听到说林嘉柔，又陷入了无尽的伤感之中。

孙团长让他们三个在这间屋子里休息一晚，明天一早回部队。这天晚上谁也没有睡着，夜空中的枪炮声让大家心里感到烦躁，和他们一样感到不安的还有村子里的一条狗，它几乎狂叫了一个晚上。方文海猜想，它窝里的几个狗崽也许因为枪炮声不能安睡，于是它便向发出这些声响的人类发出 自己渺小的警告。

第二天，天还没亮的时候孙团长就过来叫门了。出发的队伍中还有几个文工团的战士，他们紧绷着脸，气色和糟糕的天气一样难看。他们背着自己的口粮袋，互相不说话。方文海他们三个昨天也领到了自己的口粮袋，里面是两天的口粮，不过孙团长表示用不了半天就会追上大部队。

路上他们看到远处"联合国军"的飞机上飘下来一个个五

颜六色的小型降落伞，红色、黄色、绿色，还有天蓝色，在残酷的战争中，它们几乎给人一种喜庆的感觉。孙团长说，那是美国人在空投后勤装备。

金哲笑道："美国人的玩意儿还真多，上次我在树林中捡到一个挂着照明弹的降落伞，降落伞的布质量还不错，被我缝缝，做了件内裤。"

孙团长哈哈大笑，说："美国人要是知道你把他们的降落伞做成了内裤，一定会被活活气死。"

队伍里的气氛顿时活跃起来，大家纷纷说也要弄个那样的内裤。说笑间不知不觉就赶到了 A 师驻地，当曹天悦和闻芳看到方文海三人时，有一种隔世重逢的感觉，他们不分男女地互相拥抱。

"林生呢？"曹天悦兴奋地问。

叶扬收起笑容说："他和我们一起赶路的时候把小腿冻伤了，现在被送到战地医院了。"

闻芳在一旁问："问题不大吧？"

叶扬接着说："不清楚，但愿没有什么问题。"

谈话的过程中他们避免谈到林嘉柔，大家把林嘉柔的名字放在心里，而不是挂在嘴边。谈话一直持续到晚上，方文海三人说了一些追赶部队时路上遇到的情况，曹天悦则把这几天部队的战况添油加醋地说给方文海他们三个听。晚饭的时候，闻芳生火把仅剩下的一点米煮成了粥，五个人围坐在一起，在雪花飘扬中每人喝了一碗热粥。

第二天，歌舞分队就向孙团长主动要求上前线表演节目，小村庄的那场战役对他们每个人的影响太大了。孙团长请示了师指挥部，指挥部考虑了前线的情况，决定让他们去英雄团。英雄团，那不是许团长的部队吗？方文海听说要去英雄团心中产生一种别样的情感，几个月前的景象历历在目。

在灯光迷离的舞会上，许团长邀请林嘉柔跳舞，还用枪指着方文海，然后又豪爽地开林嘉柔和方文海的玩笑……

英雄团在一个高地附近阻击南逃的美军，他们执行的是穿插包围任务。这时候歌舞分队的人才知道他们目前所在的地方已经是前线了。当他们赶到英雄团的阵地时，战斗还没有开始，阵地上死一般沉寂。方文海在团指挥部又见到了许团长，他比几个月前显得苍老了许多。当他看到方文海时，似乎已经不认识了。他虎着脸问孙团长："孙黑子，你把这一群小毛头领过来干什么？"

孙团长的脸是黑，不过歌舞分队的人还是第一次听别人叫他"孙黑子"。孙团长也不生气，笑着说："师里让我们来替你们鼓舞鼓舞士气……"

许团长一边摆手，一边说："不用，不用，你们别在这边添乱了，战斗马上就要开始了！"

孙团长收起笑容说："这是师里的命令，我们必须执行。"

许团长说"胡闹"，还要打电话到师里。他当着大家的面就开始打电话，等他气冲冲地放下电话时，大家知道这头老虎已经被降服了。果然，他用无奈的表情对孙团长说："算了，既然来了，你们就到炊事班去吧！"

"我们必须到前沿阵地去表演！"方文海在孙团长身后说。

"听你小鬼的，还是听我的？我必须对你们的安全负责，到了这里，就要听我指挥。"

大家蔫蔫的不说话了，许团长指着方文海说："你那个小老婆呢，怎么没跟着你来？"

方文海一听，眼角含着泪说："林嘉柔她死了，为了让群众安全地逃进防空洞，她用红旗把敌人的飞机引开，被子弹打死了。"

许团长听了之后，愣愣地站在那里，片刻之后，他一拳打在桌子上，骂道："狗日的，今天不打死这些王八蛋我就不姓许。"

歌舞分队只得服从安排，到了炊事班。炊事班一共就六个人，但大家还是很认真地表演了节目，跳苏联的马刀舞，唱朝鲜的《阿里郎》，闻芳还把炊事班的人名唱进一段段故事中，炊事班里欢笑声不断。

在炊事班里表演完之后，大家觉得必须到前沿阵地表演给第一线的战士看，不然此行收获就不大了。于是他们五个在一个炊事班老兵的指引下，来到了前沿阵地。战士们已经挖掘了深深的战壕，双方剑拔弩张，大战一触即发。他们站在一个山包上，让英勇的歌曲在阵地上空飘扬，让动人的舞蹈在山头上演绎。正当士兵们拍手叫好时，一个排长上来了，他紧张地说："敌人已经来了，你们快隐蔽起来。"

敌人真的来了，装甲车、坦克、卡车、炮车、步兵……像潮水一样朝这边涌来。方文海发誓，这是他这辈子看过的最壮观的场面。敌军的几十架飞机在上空盘旋，很快炸弹像雨水一般朝阵地上落下。有的战士被炸上了天，阵地上不断出现一幕幕人间悲剧。勇猛的战士从战壕中探出头，向敌人的部队射击，无数的手榴弹向敌人飞去。敌人的部队瞬间就失去了阵形，经过很长时间才组织起有效的进攻。敌人占据了空中优势，志愿军要用他们的血肉之躯来抵抗敌人的装甲部队。

歌舞分队的人也加入了战斗，战斗惨烈得几乎让所有的人来不及呼吸。方文海也很害怕，谁不怕死呢？不过总有一股力量在心里暗暗地引导着自己行动。战壕中有一个战士背靠着土墙，往枪膛里装着子弹。他边装边流泪，他在想着谁呢？年轻的未婚妻？慈祥的母亲？或者他已经有了孩子，在思念自己的孩子？等把子弹装好后，他大吼一声，冲出了战壕，再也没有回来。

战壕里的人越来越少，尽管炮声轰鸣，依然有甜美的歌声萦绕在耳畔。多么甜美的声音，是巫山的神女在歌唱。

闻芳一直到战斗结束才停止歌唱，每一个音符在空气中和子弹相撞，激发出一首首可歌可泣的战斗诗篇。

A 师的主力追上来了，把敌人包了饺子，敌人付出了惨痛的代价才突围出去一部分。英雄团的阵地上可以用悲壮来形容，活下来的士兵互相搀扶着走下山头，他们的脸被硝烟熏得乌黑，只有眼球是白的，还有偶尔勉强微笑时露出来的牙齿是白的。担架连从阵地上抬下一个个流淌着热血的尸体，许团长头上缠着绷带，一只低垂的手中拿着一把手枪，另一只手拦下一个担架。他仔细地看了看那个战士的脸，战士的脸上没有痛苦，只凝固着一个显得很满足的表情，他的眼睛睁得大大的，仿佛看透了生与死。许团长用手在那战士的脸上轻轻地一抹，战士闭上了眼睛，彻底地与尘世没有了瓜葛。此时，许团长的脸上有一种不同以往的镇定。

歌舞分队只有曹天悦受了伤，但并无大碍。孙团长让歌舞分队的人先回文工团驻地，不然许团长那头老虎指不定怎么抓狂呢。

等曹天悦养好伤，元旦就近在咫尺了。歌舞分队开始排演新年晚会的节目。战士们的确已经很累了，军部也因为这些天部队打了几场漂亮仗，所以决定在新年的时候搞一次战士联欢会，其中重要的一项就是欣赏文工团表演的节目。

元旦的前一天，部队里的气氛显得格外轻松。战士们除了能收到战友的祝福外，还收到了敌人无微不至的“关怀”——“联合国军”的飞机投下了大量的白色传单，上面除了印有劝降的标语外还顺带写着：新年快乐。

新年，人们显得很快乐，尽管有些人的快乐是那么的刻意。

节目演了一出又一出，看的人换了一批又一批。明天起将是新的一年，演出结束后的那碗白粥就是方文海他们的年夜饭。师部把慰问团送来的糖果发到每一个人手中时，大家几乎都陷入了沉默。方文海默默地把五块亮色的锡纸包裹的糖果放进上衣口袋，在回帐篷的路上，他把残破的黄布军帽插进裤子的口袋，默默地数起了回帐篷的步数。

叶扬的小说已经写了很多，在等待零点到来的时候方文海看起了他的小说。那简直是一本战争的轻喜剧，方文海有好几次情不自禁地笑出声来。男主角在战争中显得异常乐观，他总是会笑，就算是看到满地的尸体时他也会笑，当然这时候的笑在故事上下文的情节中有特别的含义。同时故事里还有一些不可思议的东西，这些东西让人怀疑这到底是不是严格意义上的小说。男主角爱上了日本海中的一条美人鱼，这条美人鱼目睹了战争的残酷，于是她天天在深海里流泪，致使日本海海域的水比朝鲜海峡和黄海的要咸。她的行为感动了海神，海神决定给她一个机会，让她化作人身去拯救战争中的人们。

故事止于此，当方文海看完的时候，帐篷外面响起了人们的欢呼声，新的一年降临了。

由于战场的形势一片大好，大家对抗美援朝战争的胜利充满了信心，甚至有人认为这次“联合国军”可能要被逼着跳进日本海了。部队整日都在追击残余敌军，军部要求文工团在后方休整，随时接受新的任务。

文工团休整的地点是一个三面环山的空地，同时休整的还有两个预备营，他们除了要保护文工团的安全外，还有一个非常重要的使命就是看押俘虏。这一批俘虏有四五百人，其中包括一百多个美国人。

在这里，大家每天都能听到志愿军胜利的消息传来，每一次胜利都能引得大家欢呼雀跃。这里的生活相对来说比较平静，还可以享受到前线战士想都不敢想的热水澡。没有虱子的贴身照顾，大家显得比以前精神多了。

俘虏大都神态安然，这与志愿军对他们的友好有关。在伙食问题上，俘虏和志愿军战士享受同等的待遇，甚至有时比志愿军还高。对于美国人不同的饮食习惯，志愿军尽可能地满足，他们甚至还可以喝上热咖啡，这些咖啡都是志愿军从前线缴获的战利品。

有一个会讲中文的美国年轻人在志愿军和战俘间做沟通工

作，一次，他拉住方文海说：“美国士兵特别喜欢你唱的江南小调，什么时候能教教我？”

方文海笑着说：“美国人也喜欢这个吗？”

“当然，这玩意儿几乎是世界上最动听的。”

于是方文海便一字一句地把东方民族的文艺传授给一个美国人。而以后的日子这个叫亨利的美国人经常在美俘营中唱起江南小调，方文海他们听亨利唱都忍俊不禁，不过美国人却听得津津有味。

周末的时候，还有一场雷打不动的足球赛，志愿军队对阵战俘队。场地就是这个休整地前面的那片空地，志愿军战士在空地两边各竖两根竹竿作为球门，场地虽然简陋了一些，不过这丝毫不影响大家踢球和看球的热情。方文海和金哲都是志愿军队的主力，主力还包括两个营长、几个排长，球队成员就是会踢球的战士。战俘队中有很多以前在学校踢过球的，这其中包括亨利，主力中也有韩国的士兵。球场上球队力量的对比和抗美援朝战争交战双方的力量对比有惊人的相似。在朝鲜的崇山峻岭中，交战国在进行着残酷的较量，而在这片几百平方米的土地上，进行着一场另类的角逐。

战俘队每次都能压制住志愿军队，志愿军队经常要在逆境中发起反攻。不过踢球的人并不在乎输赢，每次结束大家都是大汗淋漓地拥抱队友、对手，方文海觉得这种感觉很好。他每次都和金哲，还有亨利或者另外的美国人、韩国人互相搭着肩膀走出赛场，如果有太阳的话，阳光打在脸上那种景象更加美好。

因为足球赛，方文海结识了很多战俘。球场上他们有着不同的目标，不同的方向，但是他们依然可以成为朋友。他们不属于一个国家，他们有着不同的理想和追求，甚至不同的信仰，但是他们依然可以成为兄弟。这就是生活。

这些天中，金哲教方文海学了很多朝鲜语，方文海还从亨利那儿学了很多简单的英语，例如再见、缴枪不杀、你好、朋友等。他还惊奇地发现，美国的“SHIT”和“他妈的”叫起来一样带劲，这个发现让他像哥伦布发现新大陆一样兴奋。

亨利对方文海说的英语不敢恭维。“伙计，你说英语就像乌鸦唱歌一般。”其实亨利唱江南小调一直像乌鸦唱歌一般，而事实上亨利并不是乌鸦，他是鹦鹉，学舌而多嘴，美国人就是这样开朗和幽默。关于家乡他几乎能说上一整天，佛罗里达在他的嘴里几乎是天堂，那里的天蓝得像画的一样，土地肥沃得可以养活整个美国，还有那里的橄榄球几乎让人们疯狂。他说他的家在一座山的后面，从他家农场的一头策马奔腾到另一头需要十分钟的时间。方文海甚至怀疑他家农场中间是否有座山。他总是会逗人开心，无可否认他是受大家欢迎的，也是受尊重的，他知道十几种作物的生长习性，甚至还知道土壤的酸碱度对作物的影响。金哲有一次背后跟方文海说："他简直就是一个农业专家。"

大概是一个月之后，亨利走了。因为部队的供给困难，不能保证俘虏的生活，所以部队决定放走一批俘虏，亨利就在这批俘虏之中。亨利的离开让方文海和金哲有些恋恋不舍。走的那天，亨利偷偷地对方文海说："我还会参加战斗，我不会就这样回到家乡，作为军人那是最大的耻辱。不过我不希望碰到你们。为了我们各自的国家，我们都必须继续下去。生活中总会有些无法解决的矛盾。"

亨利的话和他远去的背影深深地印在了方文海的脑海之中。

亨利走后的两天，文工团歌舞分队接到命令——准备上前线慰问演出。这次要去哪里呢？平壤被攻克了，汉城也被攻克了。大田？大邱？还是要去釜山？战争并不是方文海想象的那么简单，"联合国军"的撤退是战略撤退，他们想尽可能多地保存有生力量。直至第三次战役，志愿军的确取得了一些胜利，但是由于补给线拉得过长，逐渐暴露了后勤工作的不足，战士们经常饿着肚子打仗。同时，美军机械化部队正向三七线靠近，力量逐渐凝聚，开始从防守转向战略进攻。而歌舞分队要去的正是三十八军阻击敌人的进攻之地——汉江。

那天早上天还没有亮，他们就出发了。护送歌舞分队的是"尖兵班"，这是这个班为自己取的名字，就像那倒霉的贝克连一样。方文海一直对这个名字很反感，不过好在他们并没有把班名挂在嘴边的习惯。卡车沿着乡间小路快速前行，路上的朝鲜农民几乎对这辆卡车视而不见。这辆卡车也是战利品。

坐在方文海对面的闻芳甜蜜地把头靠在曹天悦的肩头，这种温馨的场面几度让方文海觉得这是一趟没有危险的旅行。叶扬和坐在他身边的一个老战士聊起了战争的话题，也许他在收集小说的创作素材。金哲则仔细欣赏着在“联合国军”飞机轰炸下逃生的田园景色。

歌舞分队就剩下五个人了，死的死，失踪的失踪。林嘉柔的墓地上不知道已经爬上了多少野草，苏静和霞姐不知道是死是活，听说林生已经被送回了国内。

卡车晃晃悠悠地向汉江开进，一切看上去像往常一样。方文海除了想到歌舞分队的其他四个人之外，他还想了想亨利此刻会在哪里，这样有阳光的下午他还腾出一些时间专门想了想远在国内的奶奶。这些记忆是要在好天气里拿出来晒晒的。

不知道谁说了句：“快到汉江了。”

卡车开进一个峡谷，路两边的石丘张着血盆大口，用满是欲望的眼睛注视着卡车的移动。忽然，从前面的山沟中冒出一队人拿着枪命令他们停车，大家的第一反应就是遇上敌人了，刚想举枪射击，但他们绝望地发现路两边高高的石丘上站满了荷枪实弹穿着韩国军服的士兵。

“放下你们的枪，你们已经逃不了了。”一个军官模样的人用朝鲜语向卡车上的人喊话，后来他竟用中文把自己的话重复了一遍。

他接着说：“放下你们的枪，慢慢地蹲在地上。”

方文海意识到这一次歌舞分队凶多吉少，他脑袋里几乎一片空白。世界没有任何颜色，视线里只剩下朝他们大呼小叫的几个韩国士兵。

第六章　逃亡进行曲

在韩国士兵的注视下，歌舞分队和“尖兵班”的战士一个个走到那位韩军军官面前，把枪放到他的脚下。然后极不情愿地把双手盘在脑后，蹲在地上。

这股敌人七八十人的样子，他们挟持着歌舞分队和“尖兵班”向东开进。带头的是一个四十岁左右的朝鲜人，他的脸看上去清瘦而阴冷，简直就是一个政治家的好坯子。不过他看上去太瘦了，和路上偶尔出现的树干一样。

这群队伍中居然没有人会开卡车，开卡车的还是“尖兵班”的一个战士，不过副驾上已经换了一个拿着枪指着他的韩国士兵。卡车上站满了不苟言笑的士兵，他们似乎被战争弄得有些精神恍惚了。

队伍一直避开大路，专走那些难走的山间小路。他们似乎接到了什么指示，有目标地向东开进。晚上的时候他们停在了一座山包上，那山包上树影幢幢，几个韩国士兵警觉地端起枪来防御，他们已经是草木皆兵了，毕竟他们身处对手的控制区。

歌舞分队和“尖兵班”的战士被命令背靠背坐在一起，并形成了一个圆形，在圆形边上有五个韩国士兵紧张地端着枪对着他们。其他的韩国士兵在稍远处休息，有的吃着干粮，有的打起了纸牌。“尖兵班”的班长背靠着方文海，被抓之后他一直没有说话，这个时候说话了：“等到深夜，我们分头冲出去。”

方文海觉得这是没办法中的办法，于是把“尖兵班”班长的话轻声传给了金哲，金哲又传给了另一个人，等传给最后一个人之后，大家都不再说话了，只用眼神互相鼓励——我们都会活着逃出去的。一直到了深夜，有的韩国士兵打起了鼾声，看守他们的韩国士兵已经换成了另外五个。跑之前大家又互相传达了信息，为了活着，必须朝不同的方向跑。两人一组，方文海和金哲分在一组。这个时候他们只需要等待逃亡的最佳时机，终于，他们等到了。在看守的韩国士兵聚在一起蹲在地上点烟的时候，“尖兵班”的班长一个暗示，大家朝不同的方向冲出去。韩国士兵愣了一会儿才明白是怎么回事，急忙扔掉烟，大喊大叫，这时候枪声也响起来了。

求生的欲望让方文海拼命地奔跑，他几乎能听到自己身体和风摩擦的声音。路上长刺的藤把他的裤子撕破了，把他的脸刮出了血印，他也浑然不觉。后面的枪声越来越紧，不过随着他的奔跑，枪声也越来越弱。这时候他觉得他和死神赛跑，他赢了，这让他有了一丝安全感，于是他大口喘着气回头对金哲说："现在安全了。"

可惜身后除了在黑夜中显得有些鬼魅的枯株朽木之外，没有别的。方文海紧张起来，金哲不是一直跟在身后吗？刚才还听到脚步声呢。于是他回头去找金哲，一边找一边轻声地喊着金哲的名字。可一直到了离韩国士兵的营地不远处也没有找到金哲，难道是和自己跑岔道了吗？

方文海趴在草丛中观察着敌人的动静，这时候他脑子里平静了下来。他忽然想起刚才听到了一句纯正的朝鲜话："他们往破庙去了，兄弟们追啊！"他那时候丝毫没有注意这句话，现在想想那声音是多么熟悉。那一定是金哲，他想要引开追击的敌人。方文海抬头望望，北面的山坡上的确有一座破庙，年久失修的样子。

北面的山坡上不断有枪声传来，方文海爬起身向破庙方向移动。他借着沿路茂密的丛林隐蔽自己，在树叶藤枝的缝隙中观察周围的敌情，有几个韩国士兵甚至与他擦肩而过。方文海紧紧地握着一把美国军刀，这是他身上仅有的武器，还是亨利送给他的。他握刀的手沁出了汗珠，这让他很不自在，于是他把刀换到了另一只手中。他的心像波动的弹簧那样跳得厉害，他几次用手按住胸口，想以此来调整频率，可惜那只是徒劳，心照样跳得厉害，于是他索性不管了。不过喉咙里似乎在燃烧，他在一棵树根处捡了点白雪，然后放在手心里用嘴啃了吃。离破庙不远处，他看到破庙的空地上躺着两具穿黄棉军服的尸体，志愿军基本都是穿着这样的衣服，金哲也从后勤部领到了这样的衣服。离得很远，方文海看不清尸体的脸。他急忙往下冲，慌乱中他踢到了一块石头。这块石头有人头那么大，圆乎乎的，被方文海一踢，就势向山下滚落。这座小山上长满了葱绿的植物、不知道名字的草和奇形怪状的树。那块石头在这些葱绿的植物中滚动时，就像一个人在其间奔跑。方文海没跑出去几步，破庙后面就出现了十几个韩国士兵，他们端着枪向山上不断地射击。方文海赶忙缩回身，暗骂这帮龟孙子真是阴险。韩国士兵聚到山体下面，发现只不过是一块大石头，于是骂骂咧咧地散开了。过了一会儿，那些士兵抬起两具尸体朝先前的驻扎地走去，方文海远远地尾随着他们。

韩国士兵像什么也没有发生一样，打纸牌的打纸牌，睡觉的睡觉，不过这次站岗的人多了，大概有十五个人。方文海趴在一个远远的山头上看了一会儿，上下眼皮开始打架，迷迷糊糊地进入了梦乡。当他被晨寒冻醒的时候，韩国士兵已经消失了。他赶紧往那块驻地跑，他们的确是走了。地上散落着一些烟头、空罐头盒、帐篷钉，他到四周寻找了一圈，也没有找到那两具尸体。他们要带着那两具尸体干什么，方文海一直感到奇怪，这让他有些想不通。于是他开始懊恼自己夜里怎么睡着了，要是跟着他们就好了。正当方文海失望地准备转身离开时，他的目光落在一个他再熟悉不过的本子上，那上面有叶扬的小说，此刻它正静静地躺在乱草堆里。它就像一个入口，通往没有悲伤的童话世界的入口。有那么几秒，方文海怔怔地站在那里，好一会儿他才想起把本子捡起来。

小说自方文海上次看完的地方又多了一些内容。美人鱼已经上岸了，她变成了一个美丽的少女，用魔法让战争变得“糟糕”起来，大炮里打出来的竟然不是炮弹，而是各种圣诞礼物。子弹打在身上，掉在地上才发现那只是糖果。飞机上扔下的炸弹落到半空中居然变成了洁白的鸽子，它们成群结队地在空中飞翔。

方文海差点在这悲伤的环境中笑了起来，不过很快他就陷入无尽的悲伤之中，难道其中的一具尸体是叶扬？他不敢去想，越想越觉得这是对叶扬的诅咒。

“说不定这是他逃走的时候掉下的。”方文海安慰自己，然后把本子放入自己的口袋，坐在原地。他在等同伴，希望他们能够返回，可惜到了中午还是没有一个人回来。于是他决定离开这里，去汉江，去找大部队。说不定曹天悦他们已经朝那里赶去了。

在走之前，他爬上一棵大树，用美国军刀砍了一些带叶子的树枝，然后他悠然地坐在树下为自己编了一个树枝帽。他始终坚信金哲的话——“联合国军”的飞机连地上的蟑螂都能发现，他们扔下的炸弹能把你炸上天宫，必须要学会隐蔽自己。他一边编一边骂：“该死的！”他把这句话重复说了很多遍，直到把树枝帽编好。其实他是不习惯一个人待着，他很久没有一个人待着了，所以他不想让自己的嘴闲着，有声音在自己的耳旁就好，显得热闹些，尽管这些声音是他自己发出来的。他把编好的树枝帽随意地戴在头顶上，然后观察了一下方向，便沿着小路往泰华山方向走。他边走边哼起国内新近流行的《康定情歌》——

跑马溜溜的山上，一朵溜溜的云哟
端端溜溜地照在，康定溜溜的城哟
月亮弯弯，康定溜溜的城哟
李家溜溜的大姐，人才溜溜的好哟
张家溜溜的大哥，看上溜溜的她哟
月亮弯弯，看上溜溜的她哟

方文海轻声哼唱这首歌的时候，他的心里是非常凝重的。

不管那两具尸体里有没有叶扬或者金哲，但是无可争议的是那肯定是志愿军战士，这就足够让人心情好不起来。另外，当他唱起这首歌的时候，有一个人的音容笑貌自然而然地浮现在他的脑海里，这个人便是已经长眠在朝鲜国土的林嘉柔。

方文海匆匆赶路，他要往汉江边的泰华山走，而实际上他已经偏离了方向，如果按他目前的方向走，用不了几天就可以到清州向李奇微将军报到了。他是问了一个朝鲜百姓才知道自己走错了方向，那个朝鲜百姓是个慈祥的老人，他热情地告诉方文海应该怎么走，并把方文海领进屋，给他倒了一杯茶。在方文海喝茶的工夫，那老人把路线画在了纸上。

“孩子，你是否觉得我这样做显得有些多余？”

方文海把那张纸工工整整地叠好，放进口袋。他对老人说：“不，我丝毫不觉得。它对于我来说简直就是至宝。”

老人微微一笑，笑容中流露出一份苦涩，他把系在腰上的蓝腰带解下来，放在手中摩挲了很长时间。老人低下头说：“我的儿子参加了人民军，和你们志愿军一样在前线杀敌。我真的很想念他，我有个想法不知道你能不能答应？”

“有什么事情，您尽管说，只要我能做到的，一定帮忙。”

老人把蓝腰带递到方文海的面前说：“这个蓝腰带跟随了我大半辈子，儿子小的时候我背他也是用这个腰带，他一定会认识这个腰带。他有很长时间没有回家了，不知道在哪里，也不知道是生是死。我已经老了，不能出去找他了。我希望你能系上它，如果上苍可怜我这把老骨头的话，让我的儿子遇见你。如果他能看到这个蓝腰带的话，他一定知道你是从我这里得到这个腰带的。请你告诉他，他的父亲是多么想他，想得整夜睡不着觉，如果可能的话，希望他能回来让他的父亲看上一眼。”老人的眼泪流了下来。

方文海不知道怎样劝他，连连说：“我答应您，我相信上苍会怜悯您的。”

老人像个孩子一样，含着泪水喜出望外地说：“太好了，我代表我们全家感谢你。”

老人把蓝色的腰带系在方文海的腰上，方文海感觉就好像授勋一样——有光荣，也有责任。他第一次看到有人把一个近乎绝望的希望当作活下去的依靠。当方文海告别老人的时候，老人站在屋前，眼睛里充满了期待与祝福，好像一个等待船只停泊的宁静的港口。

方文海头上的树枝帽和腰上的蓝色腰带几乎成了路人的笑柄，尤其是头上的树枝帽，有些招摇过市的意味。估计美国的飞机对普通的人们不感兴趣，倒可能会对他这棵会移动的“树”产生兴趣。在一个小村庄里，他把树枝帽潇洒地扔进路边的一个猪圈里，一群猪围着这个“天外来客”感叹不已。

猪叫声真难听，方文海想，羊叫声是嗲了一点，不过也比猪叫声好听得多。猪叫声不得不让人怀疑它们是不是生来就患上了感冒，叫起来的声音堵堵的。正当他对猪的叫声产生浓厚的研究兴趣时，他听到了一阵小女孩的哭声，与那讨厌的猪叫声形成了鲜明的对比。

这个小女孩有四五岁的样子，长得很漂亮，很讨人喜欢。于是方文海走到她面前，蹲下身子用朝鲜语问："小妹妹，你为什么哭啊，你的家人呢？"

小女孩拿开揉眼睛的小手，看了一眼方文海，继续哭。

方文海无奈地笑笑，他把小女孩揉眼睛的手拿开，又问道："发生了什么事情，你是不是走丢了？"

小女孩红着眼睛看着方文海，鼻子不停地吸着鼻涕。方文海用他的手巾替小女孩擦了擦脸，虽然他是好心，但他笨拙地把小女孩的鼻涕都抹到了脸上。小女孩似乎没有发觉自己的脸几乎被面前的这个人搞花了，从她的眼神中甚至还能看到一些感激。方文海只得掏出自己的水壶，倒了点水在自己的手心，然后为小女孩洗去脸上的鼻涕。在这个过程中，小女孩的眼睛一直睁得大大的，也一直没有表示抗议。

"你在干什么？"小女孩突然嘟起小嘴问。

方文海看着她，刚哭过的她生起气来是那样可爱，方文海一边替她洗脸一边笑。

"你又笑什么？你是坏人吧？"小女孩认真地说。

“坏人会为你洗脸吗？”方文海不知道怎样和小孩交流。

“那你笑什么？”

“我笑你太可爱，看着你天真的脸谁都会想笑。”洗脸的工作进入了尾声，方文海用手巾往小女孩的脸上最后一抹，大功告成似的说了声：“好了。”

小女孩瞪着大大的眼睛看着方文海，方文海直起身子问她：“还有什么能为你效劳的吗？小公主。”

小女孩说：“我想回家！”

“那我送你回去吧，你家在哪里？”

“我家在端川！”

“端川？！”方文海差点叫了起来，那可是朝鲜东海岸线上的城市，离这儿有十万八千里啊。方文海不敢相信地问：“真的在端川吗？”

小女孩肯定地点点头说：“是端川。”

“那你怎么会在这儿？”

小女孩用她并不熟练的朝鲜语说：“不知道什么原因，爸爸和一个阿姨带着我离开了家，扔下我的妈妈一个人。后来爸爸的钱用光了，阿姨也离开了，爸爸开始为打仗的人做民工，送东西给他们吃。今天有叔叔过来告诉我，我的爸爸被炸死了，所以我站在路上哭。”说到这儿，她抬起头问方文海，“死是什么意思？”

方文海感到有些难过，伤感地说：“死就是有一天人飞走了，永远地离开了这个痛苦的世界，应该说，有时候死是一件快乐的事情。”

小女孩说：“那爸爸永远也不会回来了吗？”

“大概是这样，这些你以后就会明白了。”

小女孩低下头，沉默了一会儿。然后抬起头愣愣地问：“你能送我回家吗？我想我的妈妈。”

方文海觉得这不可能，他还需要赶往汉江，而且端川又那么远，自己又不熟悉朝鲜的山路。于是他再一次蹲下身子，非常抱歉地说：“我有重要的事情，不能送你回家，你或许会遇到其他能送你回家的人。”

小女孩听了方文海的话又哭了起来。方文海实在看不下去，他狠了狠心站了起来，头也不回地往前走。当他走出十几步后，他想到了自己也是一个孤儿，那时候他多么渴望得到母爱，他能体会一个孩子失去父母是什么感受。但是他又想到了歌舞分队，想到了自己的部队，如果离开了部队那自己来朝鲜到底是为了什么呢？于是他又狠心地向前走，但是又有一幅画面出现在他的脑海——一个可怜的朝鲜妇女整天以泪洗面，呼唤着自己的女儿，可惜每天迎接她的都是失望，无尽的失望。他的心彻底融化了，他从口袋中掏出朝鲜老人给他画的路线图，用手狠狠地捏成一个纸团。他把纸团使劲儿地扔向一架刚好经过的美国飞机。

方文海折身返回到小女孩身边，小女孩还在那里哭。他叹了口气，摸了摸小女孩的头说："别哭了，我送你回家。"

小女孩惊奇地抬起头，用一种超越她年龄的深邃的眼神看着方文海。方文海背起小女孩的时候，有些莫名其妙自己怎么会干这样的傻事。谁知道有多少困难埋伏在通往未来的路上，这件事情怎么想都有些疯狂。

"我是应该叫你叔叔呢，还是哥哥？"背上的小女孩忽然问。

"还是叫哥哥比较好，不过他们都叫我海，你也叫我海吧。对了，你叫什么名字？"

"萤萤，萤火虫的萤。"

"萤萤？"方文海自言自语地重复了一遍，"那么，你几岁？"

"也许是六岁！"

然后他们就不再说话，萤萤趴在方文海的背上大概是睡着了。方文海一边问路一边向前走，而问路的结果总是会得到很多不同的答案，这让他很难确认正确的方向。在一个三岔路口，方文海把背上的萤萤放下来。

"你累了吗，我可以自己走。"

方文海笑笑说："你是应该自己走走了，重得和小猪一样。"

这个时候，有辆回汉城的志愿军后勤卡车经过，方文海心想快到晚上了，也不知道怎么走，不如先到汉城，到那里再从长计议。于是在得到司机的爽快允许之后，他把萤萤抱上了卡车，卡车里堆着一些细碎的干草。方文海感到有一些疲惫，于是他枕着双手仰面躺在草堆上。天空白蒙蒙的，有几只慌张的麻雀掠过头顶，方文海轻轻地哼起了《桔梗谣》，他似乎一刻也不能忘记唱歌。

“真好听！”萤萤崇拜地看着方文海。

“小公主，这没什么，我还会唱更好听的。”

萤萤盘腿坐在草堆上，听着方文海唱起一首首动听的歌。方文海一直唱到卡车进入汉城，此时的汉城到处悬挂着红条幅，欢迎志愿军的标语到处都是。方文海带着萤萤在市中心下了车，谢过了司机，他们漫无目的地走在汉城的街道上。风卷起树叶，那发黄的树叶带着绝望撞死在墙壁上，街道的尽头有三两个人在匆匆赶路，他们把头缩进竖起的衣领里。汉城几乎是世界上最糟糕的城市，它在交战双方之间几次易主，经过多次破坏，现在已经是残破不堪了。

他们走在空旷的大街上，周围的橱窗没有灯火，沿街的建筑看上去无精打采。这时候天已经黑了，月亮并没有抛头露面的迹象。方文海觉得此刻最重要的是找一个舒适的地方落脚，然后买些长途跋涉应该带的东西，至于买什么东西他还没有完全想好，不过可以肯定的是干粮是不能忘的。

正当方文海想得出神时，一阵熟悉的旋律飘然而至，那是中国的民歌《凤阳花鼓》，是用口琴吹出来的。这让方文海很兴奋，他拉着萤萤的手寻声而去。在一个街道的拐角处，一个女人盘腿坐在地上吹着口琴，她的面前有一个朝鲜铜碗。看样子她是个卖艺的，等方文海走近了一看，他惊呆了，虽然那个女人大半部分的脸被乱发挡住，但这丝毫不影响方文海对她的辨认，她就是失踪已久的苏静。他大喊出来："苏静！"

那女人抬起头看了一眼方文海，然后又迅速地低下头，紧接着就站起来，连说："你认错人了，你认错人了。"说完，就往前走。

方文海紧跟几步，一把抓住她的胳膊，高兴地说："不会的，你就是苏静。我是方文海啊！"

那女人挣扎着说："你真的认错人了。"

方文海对自己的判断充满信心，此刻他感觉有些不对劲。他用另一只手抓住了那女人的另一只胳膊，然后费了好大的劲才让那女人正面对着自己。在挣扎中，那女人的头发扬了起来，方文海看到了她的整张脸。他吓得差点呆住，她的确是苏静，不过她的另外半边脸坑坑洼洼的，像是被火烧过。说句实话，真的很难看，方文海有点不敢相信自己的眼睛。他愣愣地松开手问："发生了什么事情？"

那女人蹲下身子，捂着脸哭了起来。她正是苏静，此刻她知道再也不能逃避了。方文海花了身上差不多一半的钱，找了一个普通的汉城人家的两间房间。女主人免费送来一些烤熟的地瓜，还有一盏用雪花膏瓶子改装的煤油灯。苏静好像几天没吃东西了，她坐在方文海的对面低头吃着地瓜。方文海把萤萤安置在另一间房间，并提醒她早点睡觉，他还恐吓她如果不听话就不送她回家了。

吃完地瓜后，苏静断断续续地说起了她的遭遇。那天掩埋尸体时她们的确遇到了六道木军，霞姐的确用红发夹暗示是六道木军把她们掠走的。起初她们也不知道六道木军为什么要掠走她们，后来她们从头领上下打量自己的眼神中猜出了一二，那头领想让她们做他的压寨夫人。在孟山，苏静死也不从，并从地上拿起一根树枝插瞎了头领的一只眼睛，头领疼得发了疯，把她的脸按在火盆里，并声称要把她关起来，慢慢地折磨她。她被关在阴暗潮湿的地牢大概有十天，之后她竟然莫名其妙地被放了。于是她回头去找霞姐，不过据说霞姐已经嫁给了那个头领。

方文海会意地问：“霞姐救了你？”

“应该是这样，她牺牲了自己。”

方文海叹息道：“不过，她这样是违反了纪律，回来逃不过军法处置。”

苏静悲凉地一笑，喃喃地说：“还能回来吗？”

方文海把部队最近的情况讲给苏静听，林嘉柔的事情、林生回国的事情，当然他没有忘记告诉苏静他们歌舞分队还来了一位新同志。苏静听这些的时候好像并没有倾注太大的热情，末了方文海问了句：“你怎么没有去找部队？”

苏静突然趴在桌上，号啕大哭起来。方文海一时慌了神，不知道该怎样劝她。等她哭完了，方文海悠悠地说：“你先回部队吧，部队在汉江泰华山一带，你到那里问一下就知道了。我已经答应那个小女孩，要送她回家，之后我会找到部队与你们会合。”

苏静之前已经听方文海介绍了那个小女孩的来历，此刻她好像是在化解忧伤的气氛一样，勉强一笑说：“你就喜欢干这样的傻事！”

方文海耸耸肩膀，赔笑了一下，潜意识地往另一间房间瞥了一眼。他们又说了几句话，方文海看出苏静有些疲惫，便不再多说，渐渐地把话题向“晚安”靠拢。和苏静说了“晚安”之后方文海回到了另一个房间。萤萤这小家伙居然还打起了鼾，此时她正斜躺在床上，嘴角还流着口水，睡得正香。方文海把她的身体挪正，替她盖好被子，然后坐在有煤油灯的桌旁发了会儿呆，接着站起身，走到窗前。外面的世界漆黑而迷幻，一棵隐忍的老树独立寒冬。

第二天一早，方文海是被萤萤弄醒的。她揉着眼睛从方文海的身体上踩过去，然后自己爬下床，喊着要小便。方文海刚要骂她，苏静走了进来，她把萤萤抱到外面，看样子苏静很早就起来了。方文海伸了个懒腰，打了个长长的哈欠，好久没有这样睡上一觉了。

早上他们吃过一些干粮之后就告别了女主人，走上了灌着冷风的街。萤萤抓着方文海为她摘的一把茸草走在前面。

苏静看着萤萤的背影说："这孩子真可爱！"

方文海也朝前面一摇一摆的萤萤看去，笑笑说："是啊，她和战争简直就是一对反义词。"

"你真打算送她回家？"

"是的，这是我对她的承诺，我不会欺骗一个孩子。"

苏静今天的心情较昨天稍好一点，她微笑着说："有时候你也像个孩子！"

方文海不喜欢听别人称他为孩子，在他看来孩子就是什么也不知道，等待命运来安排自己的人。所以对于这句话，方文海只是报以一笑。

走了一会儿，苏静停下步子说："那就这样，我们就此别过。你去送萤萤，我去找部队。"

方文海从口袋里掏出一把钱，递到苏静面前。"这些钱你拿着用，剩下的我送萤萤回去也要用一些。"而事实上，这是方文海口袋里所有的钱。

苏静推辞了一会儿，还是收下了。方文海牵起萤萤的手向苏静告别：“再见，希望我们能够早日相见。”

萤萤也挥起她的小手喊：“姐姐，再见了。”

苏静不知道什么时候学的，她能听懂很多朝鲜语，听了萤萤的话，她把一条破旧的围巾取下来绕在萤萤的脖子上，笑着说：“萤萤，再见！”然后她就向远去的方文海和萤萤不停地挥手。

方文海走了一会儿，回过头看，苏静还站在原地朝他们挥手，只是看不清表情了。方文海冲她伸出大拇指，希望她能够坚强，能够早日找到部队。

他们用了很长时间才走出汉城，这个时候方文海才知道雾有多大，重重叠叠的远山错落有致地把雾渲染得格外壮观。树叶上的水珠，蓄足了力量在和重力暗暗较劲，只是人们看不见而已。

在通往端川的一条大道上，一辆吉普车疯狂地奔跑，它差点撞到萤萤，带来的劲风把方文海腰间的蓝色腰带垂下来的部分扬起来。方文海厌恶地抬头看了看，嘴里面嘟囔了一句没有语法的谩骂。

一路上很枯燥，战争中的人们走起路来都是那样谨慎而保守。难得一见的赶路人脸上流露着近乎一样的表情——你走你的阳关道，我过我的独木桥。方文海向他们问路都要鼓起很大的勇气，这简直就像要从牛嘴里挖信息。

这些天来方文海教萤萤认识了一些野草，比如野蒿、石桅杆之类。当萤萤走累了非要方文海背时，他突然想到了一个消遣的方法，他对萤萤说：“你到路边找一种你认识的野草，只要你说对名字我就背你。”于是萤萤撒开小腿跑到前面，在路边认真地找了起来。她那个样子像探地雷似的。过了一会儿，她兴奋地抓着一根被她拔断的野蒿喊：“野蒿，这是野蒿。”方文海没想到她这么快就发现了，不过他却耍赖说：“那是狗尾巴草，怎么你又忘记了？”萤萤有些灰心，扔掉手中的断草，又撒腿跑到前面找。当她又一次拿着草找方文海确认时，方文海又耍赖地把这根草张冠李戴了。方文海甚至有些得意，这小家伙被自己耍得团团转。不过过了一会儿，他就有些不忍心了，当萤萤再一次抓了一把草无精打采地回来时，萤萤还没开口，方文海就说：“这次你答对了。”萤萤正莫名其妙的时候，她已经被方文海背上了背。

方文海背着萤萤沿着公路走，沿途的荒凉让方文海产生了很多感慨。炸弹像耕犁一样把土翻新了一遍，早已发芽的植物死于襁褓。萤萤把所有的水都喝光了，他们还得去找些水。在一个山包边，方文海让萤萤坐在一块岩石上，他到周围去找点水。翻过西面的山，山后有一个安详的村庄，村庄的外围有一条南去的马路。方文海隔着很远看见有一辆黑壳汽车停在路边。三四个穿着普通的人围着汽车检修。这时候，从汽车里走下一位少女，她裙裾及地，白色的厚棉裙随风轻摆。方文海仔细向那个少女看过去，这一看让他心里一惊。她的背影很像林嘉柔，方文海不知道哪来的冲动，急急地往那个方向赶。当方文海离汽车还有十几步远的时候，远方的少女突然转过了身，他们四目相对。方文海几乎不敢相信自己的眼睛，他没有任何理由劝服自己面前的人不是林嘉柔，他几乎是扑了过去，抓住少女的香肩，激动地喊："嘉柔，你还活着？"

那少女脸上错愕的表情让方文海有些失望，接着，检修汽车的人扔下手头的工作围拢过来。其中一个彪形大汉一把抓起方文海，暴力地把方文海推到土埂之上，骂了一句："你小子不想活了？"其他人则开始对方文海拳打脚踢，而在此过程中那个少女一句话也没有说，面无表情地看着眼前发生的一切。

方文海的头被打破了，牙被打掉了两颗。他感觉天旋地转，胸口一阵阵绞疼，这让他来不及想其他的，光顾着疼。方文海感觉自己的灵魂已经离开了躯体，他翻着白眼球，天空蔚蓝得可怕。在恍惚中他听到一声："好了，你看他那样几乎是死了。"接着方文海又听到一些话。"我们得赶快把小姐送过线，李次长已经发火了。""中国人真凶悍，真不知道哪一天我们的部队会被赶下海。"

汽车好像出了大问题，方文海在一边躺了很长时间汽车还没有离开，他们的话几乎都能顺利地进入方文海的耳朵。方文海这时候已经恢复了一点元气，不过他仍然死一般地躺在原地。方文海根据他们的话大概知道这是一帮韩国警卫队的人，好像是要送一个官员的女儿到后方去。方文海这时候才清楚，那个少女根本不会是林嘉柔，林嘉柔已经死了，她只是长得像林嘉柔，以至于让他产生了幻觉。

大概过了一个小时，方文海的手臂开始发麻，他不知道这些韩国人什么时候走，不过他觉得再这样下去他会难受得叫出声来，必须想个法子逃走。他等到了一个时机——当那个少女独自走到路边时，他“嗖”的一下跳起来，冲过去，用早已准备好的美国军刀抵住了那个少女的脖子。方文海用胳膊拘着少女的脖子，另一只手中的美国军刀与少女的脖子保持着最佳距离，他清楚这样绝对安全，不会发生意外。他用颤抖的声音朝那些已经向他举起枪的韩国人吼道：“都别动，再动我就杀了她。”

几个韩国人互相看了一眼，他们显得有些犹豫。

“把你们的枪扔到山沟里！”

没有人按他的要求做，枪还是指着方文海。

方文海胳膊一使劲，那少女“啊”了一声。有人开始把枪扔向山沟里，其他的人也跟着把枪扔向山沟。

“抱着头蹲在地上，都别动，如果你们追过来我就杀了她。”

方文海没有朝萤萤的方向退，他觉得如果万一他逃不了，结果必死无疑，不能连累萤萤。他决定往村子里退，等安全了再去找萤萤。于是方文海押着那少女往村子的方向退，他的手还在发抖，在退的过程中方文海轻声对那少女说：“我不会伤害你的。”没退一百米，那些韩国人就站起身，到山沟里找枪了。方文海赶紧拽着那少女跑，那少女明显是在拖延时间，她几乎一点力气也不用，方文海只得抓着她的胳膊拼命地往村子里跑。

第七章　爱在战火纷飞的岁月

韩国人很快就迫近了，方文海拉着少女在村子里夺命狂奔。而他们的速度由于那少女的抵抗越来越慢，这种消极前进拖累了方文海。他们跑进一个胡同，这个胡同有一个大草堆，方文海本以为草堆后面是路，不幸的是这是个死胡同。这时候外面响起了一阵杂乱的脚步声，方文海情急中把一辆拖板车翘起来，让少女钻到拖板车下面，那少女不肯，方文海只得用力把她按到拖板车下面。方文海躲进拖板车的时候，那少女仰面躺在地上，他几乎是扑倒在她的身体上，这让他觉得十分尴尬。他们两个人的脸红得发烫，他轻轻说了声“对不起”，抬起头想挪挪身子，可惜拖板车太矮了，他根本动不了身。他害怕少女会撕破喉咙喊，于是用手捂着少女的嘴，少女的眼神显得格外幽怨。

那些韩国人停都没停就冲过巷口，方文海从拖板车木板的缝隙中看到那些人跑了过去，于是长舒了一口气。此时他趴在少女柔软的身体上根本来不及想这是一个多么香艳的体会，少女的胸脯一起一伏地贴着他的胸口。过了一会儿，方文海确定韩国人走远了，他才慢慢地抬起身，从拖板车下面钻出来，然后他把拖板车移开。少女愤怒地看着他，不过她并没有惊声尖叫。他连忙把少女拉起来，然后为她拔掉几根插进衣服的麦秸。

“你打算要劫持我多久？”少女瞪着他问，“听你说话，你好像不是朝鲜人，你是中国人吗？”

“是的，我是中国人。不过你要搞清楚，并不是我想劫持你。是你的那些人要杀我。”

那少女带着些许冷笑说：“你们杀的人还少吗？”

方文海听了这话，胸中燃起一股怒火。他喘着气说：“战争就是这样，难道你们没有杀我们的人吗？我心爱的女孩也死在了你们的手里……”说到这儿，方文海竟然流下了眼泪。

少女看着痛苦的方文海不再说话。

韩国人很快就折身返回了，方文海拖着少女躲进一个废弃的农房里。经过几次危险的逃窜，方文海终于带着少女离开了村子。

“等过了前面的那座山，我就放了你。”

少女没有说话。

方文海突然想起一件事情，他原本要为萤萤打水的。于是他转头对少女说："我忘记了一件事情，我得回村子一趟。如果你不愿意帮我离开，你可以走。"

少女充满疑惑地问："你还回去干什么？他们在村子里到处找你，你回去就是送死。"

"我必须回去，这一带也只有那里有水了。"这句话方文海好像是说给自己听的，他跑出去两步，回头对少女张了张口，想说什么，但是又好像忘记了要说什么，最后什么也没说，就向村庄跑去。

在村子里方文海有好几次差点被发现，幸亏他还算机敏。他向一个普通的朝鲜人家要了一壶水，然后冒着同样的危险往回走。

少女并没有走，还坐在刚才的地方。等方文海惊魂未定地回来，她用奇怪的眼神打量着方文海。方文海笑着问："你怎么没走？"

"看样子你不像是个太坏的人，我就把你往前送送。"

于是他们向萤萤的方向走，方文海边走边祷告，萤萤千万别出什么事情。还好，萤萤还在那里傻坐着，正四处张望。方文海出现在她的视线中时，她立即向方文海跑过来，哭了起来。方文海把她抱起来，笑着问："小公主，这是怎么了？"

萤萤哭得很伤心，边哭边说："我以为你讨厌我，偷偷地离开了，不送我回家了。”

“怎么会呢，你这么可爱，我怎么舍得偷偷地离开你呢。”方文海一边笑着说一边把萤萤放在地上，然后把水壶拿给她，“渴了吧？水替你打回来了。如果饿，自己把包里的饼干拿出来吃。”

萤萤心满意足地接过水壶，这时候她注意到方文海的身边多了一个她不认识的人。这个人正饶有兴致地看着自己。

少女冲萤萤莞尔一笑，自言自语地说：“这小女孩真可爱！”

方文海拍打完身上因为逃跑沾上的灰尘，然后把藏青色的包裹重新挂在肩上，回头对少女说：“你现在可以走了。”

少女并没有挪动步子，于是方文海重新说了一遍：“谢谢你的帮助，你现在可以走了，后会有期！”其实方文海并不是想赶她走，他内心希望能够多和少女待一会儿，因为她长得那么像林嘉柔，以至于方文海多次对林嘉柔的死产生疑惑。但是方文海想到更多的是承诺，他对少女的承诺。

少女把目光从小女孩身上移开，看着方文海问：“你就是为了她冒死回去取水的吗？”

方文海挤了个笑脸说：“也不全是，我也要喝水啊！”

少女把她的双手背到身后，扬起她俊俏的脸问：“她是你妹妹吗？”

“应该算是吧，至少我已经把她当作我的妹妹了。”

“这么说她不是你妹妹？”

于是方文海把怎样遇到萤萤，然后答应萤萤要送她回家的事情全盘告诉了那少女，少女听得很认真，像是听汇报那样。这时候他们忽然听到山后面一声巨响，方文海赶紧爬上山头看发生了什么事情，少女紧随其后。原来是那辆黑壳汽车爆炸了，汽车的四周围了很多朝鲜人民军。少女的脸色一下变了，她不顾一切地往下冲。方文海一把拉住她，着急地喊：“你不要命了？！”

少女趴在草地上，把脸埋进自己的臂弯抽泣起来。过了好一会儿，人民军才逐渐散去。方文海这时候才松开抓着少女的手，少女不顾仪态地往汽车的方向跑，方文海怀着复杂的心情慢慢地跟在后面。

汽车被毁坏得非常严重，整体的钢铁架已经歪曲变形，一股浓浓的黑烟从塑料椅上腾起，烟呛得少女不断地咳嗽，她在汽车附近到处寻看，当看到不远处躺着两具尸体时，她脸上的表情变得十分痛苦。这时候方文海看到一个黑色的身影在山沟里晃动，并慢慢地向少女靠近。方文海快速跑过去，飞身扑在那人身上，与那人扭打在一起。少女听到声音，赶了过来，她立即尖声喊：“住手！”

方文海和那人都很听话，立即停了手，缓缓地站起身。方文海还没看清对方的面貌，少女就已经扑向那人哭着喊了一声：“徐伯！”方文海从那人低垂的帽檐下看到那是一张苍老的脸，脸上还有一丝因受到惊吓而产生的慌张，眼眶里含着泪水。方文海寻思刚才好像没有看见这个人，难道先前他一直坐在汽车里面？

“小姐，你没事吧？”

少女看了一眼方文海，说：“没事，他不是坏人。”

被称作徐伯的老人也朝方文海看了一眼，叹了口气。

“我们现在该怎么办？”少女问。

徐伯看了看南方，又叹了口气，这一次比前一次更重了。他有些悲观地说：“我这把老骨头不知道能不能把小姐交给老爷了！”

方文海既想帮助这个少女，又觉得无能为力，他站在那儿不知所措。不过这个时候他想起了萤萤还一个人在山那边等他，于是有些不舍地说：“我先走了，我要送那个小女孩回家。”

这时候少女说：“那我们也去找个平静的地方住下，至少听不见炮声的地方。我本来就不想去父亲那边！”

徐伯说：“那也好，现在就算我们过了三八线，到了南方，也很难找到老爷。听说政府最近很乱！何况这一路的飞机大炮，我们能不能到南方也是个问题。”顿了顿，他接着说，“我们先找个地方安顿一下，然后花点钱请人捎个消息给老爷，告诉他我们的情况，然后再着手去南方的事情。”

方文海看没人理睬自己，于是不自然地转身要走。不过走之前，他在地上捡起一把手枪别在腰间。刚要迈步离开，少女的话就传过来了：“我们一起走吧！”方文海回过头问：“你们要去哪儿？”

少女想了想，说：“往端川方向走，然后找个僻静的地方住下。”她看了看方文海，又向徐伯使了个眼色，继续说，“路上大家还有个照应！”

这一切没有逃过方文海的眼睛，他心里暗暗地想，她哪里想有什么照应，还不是想利用自己中国人的身份方便过路？不过方文海当然不好揭穿，只是心里隐隐地有些不舒服。方文海走在前面，少女和徐伯跟在后面窃窃私语。找到萤萤之后，天已经微灰了，白天的光亮正在有秩序地撤退。

“我们得找个地方住下，天快要黑了。”少女在后面给方文海提醒。

方文海心里有些不快，并不理会少女的话，只是拉着萤萤的手向前走。这时候，“联合国军”的飞机来炸公路了，为了切断志愿军和人民军的后勤供给线，“联合国军”煞费苦心地对重要公路进行轰炸。他们不得不隐蔽起来，等“联合国军”的飞机飞走了，他们才从地上爬起来。方文海目送“联合国军”的飞机走远，他在想这个驾驶员此刻是什么心情，他是同情呢，还是认为这一切理所当然？他回头看了看狼狈的少女，她和受惊的小鹿没什么区别。

傍晚时分，他们走进了一片丛林，这是过夜的最好地方。方文海找了一个看上去舒服点的地方，把包裹卸下。

少女惊讶地问：“就睡这里吗？”

“你可以到十里外的旅馆住宿，没人拦你。”方文海冷冷地回了一句。

少女不再说话了，她把地上弄得尽量干净一些，然后找了几片树叶铺在地上，这才极不情愿地坐下。方文海到四周找了一些干柴，准备点一个火堆，这样的天气没有个火堆在身边，睡觉的时候会被冻死。等把火堆点好了，一切变得美好多了。方文海拿出包里的饼，给萤萤一个，自己也准备吃一个。刚吃了一口，抬头看见少女和徐伯都显得很饿的样子，他们时不时地看看吃着饼的方文海。方文海从包里又掏出两个，扔给他们，他们感激又略带慌张地把饼接住。

“你叫什么？”少女拿着饼问。

“海，大海的海。”方文海根本不想说出全名。

“海？”少女回味着这个名字，然后微笑着说，“我叫李微苋，很高兴认识你。”说完，她大方地向方文海伸出一只手。

方文海迟疑了一下，但还是把手伸了过去，握住她的手，她的手很暖和。此刻，他看着少女，脑海中又产生了幻觉。她真的太像林嘉柔了，她的一颦一笑，甚至说话的眼神，还有她的性格，都和林嘉柔极为相似。

“嘿，你怎么了？”

方文海这时候才知道自己有些失态了，连忙松开握着李微苋的手，尴尬地笑着说：“对不起，你令我想起了一个人。你叫李微苋，名字很好听。”方文海转移了话题。

这个叫李微苋的少女好像猜到了什么，不过她并没有多说什么，只是同样夸了“海”这个名字也很动听。

丛林里真的很冷，就算有火堆在旁边也起不了多大作用。方文海没睡半刻钟就被冻醒了，火堆还没有灭。睡在他对面的李微苋翻了个身，她的眼睛居然还是睁着的。当看到方文海正睁着眼睛看着自己时，她露齿一笑。

“怎么，睡不着吗？”李微苋轻声问。

方文海看着她，火光映红了她整张脸。方文海问：“你不冷吗？”

“有点儿！”

“你穿成那样，怎么会不冷？等明天到了前面的村子，找一件厚实的衣服穿。”方文海不知不觉竟关心起李微苋，说完这些，他拿起一根树枝拨了拨火堆。火大了起来，耳边传来一阵噼里啪啦的响声。他看着李微苋的脸忽然情不自禁地笑起来。

李微苋笑着问："你笑什么？"

方文海不知道自己为什么会笑，他对李微苋说："我也不知道，不过看着你的脸我觉得心里挺平静的。"

这个回答让李微苋有些意外，她的脸上写着疑惑。方文海翻过身，把手枕在脑后，天上没有一颗星星。"你知道星星去了哪儿吗？"方文海突然问。

李微苋还是侧着身，不过她此刻把目光投向了夜空。然后幽幽地说："它们大概回家睡觉了。"

"有人在打猎，他们在猎杀星星。"

"为什么要杀星星呢？"

"因为它们代表着美好。"

李微苋和方文海一起陷入了沉默，远处的炮声、冷枪声，还有偶尔呼啸而过的战机发出的轰鸣声，构成了一首恶魔交响曲。

第二天醒来，阳光使劲儿地照进这片丛林，几声鸟叫划空而过。李微苋睁开眼睛，徐伯在逗着萤萤，却不见方文海。当她坐起来的时候，她发现她的身上盖着一件破棉袄，她一眼就认出这是方文海的。她忙问徐伯："那个海哪儿去了？"

"小姐，你说什么？"徐伯好像听不出她的话是什么意思。

"就是那个中国人，他哪儿去了？"

“哦，他一早就出去了，去搞点吃的。”

过了一会儿，方文海穿着酱紫色的旧毛线衣大汗淋漓地回来了，为了驱寒他到山里跑了一大圈。他把手里拎着的一把野果递给了徐伯，说：“这东西应该能吃，前段时间我们行军的时候就吃过。”

徐伯把野果放在手中打量了一番，忽然笑了起来，对方文海说：“这东西我们叫它香果，记得以前我们经常把它剥开，放在家里。吃倒是能吃，不过这东西难以下咽。”

“怪不得大家都说这是香刺猬，是对肚子的折磨，但是那时候我们吃了很多这东西，没办法，没东西吃。”

李微苋走到方文海身边，把棉衣递给他，说了声：“谢谢！”

方文海接过棉衣，解释道：“早上的时候才盖到你身上！”

李微苋笑了笑，搓了搓手，看了看天，说：“今天的天气不坏！”

方文海附和了一声，转头问：“徐伯，还需要什么？”

李微苋感到有点奇怪，笑着问方文海和徐伯：“你们在搞什么阴谋？”

萤萤拿着一个果子喊：“过年了，过年了。”

的确，农历新年来了，这一天就是大年三十。今天一早徐伯突然想起今天是大年三十，方文海倒是愿意听这老人的话，他们决定准备一些东西过一个战火里的新年。李微苋听说今天是农历新年，并没有显得很高兴，大概她想到了家。

家，方文海也想到了家。谁不想家呢？在异国的战友们，他们在前方浴血奋战，他们不是不想家，他们是无暇去想。方文海想到了奶奶，想到了三十八军，想到了文工团，想到了歌舞分队。

这一天大家都装作很高兴的样子，只有不谙世事的萤萤真的很高兴。她可以骑坐到方文海的肩膀上，或者被李微苋抱在怀里。徐伯像一家之长那样看着眼前的一切，满足地笑了。

所经过的村子里没有什么节日的气氛，这让方文海觉得格外失望。连路上所剩无几的树叶也对现状表达着不满，它们无精打采的样子简直是在向造物主罢工。

暗绿的水草从路边的浅水里探出了头，之所以称为浅水是因为它够不上河的标准，而方文海觉得它至少比水沟气派些。他来到水边，用树枝把鞋帮四周已经干了的淤泥刮掉。李微苋则把她印有蓝蝴蝶的手帕拿到水边洗。方文海侧过脸看李微苋，她专注地做一件事情的样子特别迷人。然后他把目光转向面前的水面，水面下看不出有什么生命的迹象。他蹲下身子，把中指在水面上轻轻地一点，激起一阵涟漪。他似乎来了兴致，居然在水面上弹起了钢琴，嘴里面轻轻地哼起了《桔梗谣》。一旁的李微苋看着方文海情不自禁地笑了，她被这样的气氛感染了，也轻轻地哼起了《桔梗谣》。水里面钻出了一条青鱼，却转瞬之间就没了踪迹，消失在方文海的视线之中。

等歌唱完了，李微苋笑着对方文海说：“你歌唱得真好！”

“我是文艺兵，就是靠这个打仗的，如果唱不好怎么上战场？”

“那你会唱很多歌了？”

“是啊，我会唱很多歌。”方文海显得有些兴奋，不过他想起有一半的歌是林嘉柔教他的，“不过会唱的没有嘉柔多，她是夜莺。”方文海默默地说。

李微苋看着方文海的眼睛问：“我是不是很像她？”

“是，我第一眼看到你就把你当作了她，可笑的是我竟然忘记林嘉柔已经死了。”

“能告诉我她是怎么死的吗？”

“当然，我希望全世界的人都知道她是怎么死的。”于是方文海把林嘉柔引开敌机的事情讲了一遍，他简直就像在读一首诗，抑扬顿挫，充满感情。

李微苋听完沉默了很长时间，她看着远处一重一重的山发呆。直到萤萤跑到浅水边把一个石子扔进水中，她才转头看方文海，但是她什么话也没说。然后她把萤萤抱起来，眼中噙着泪花亲了一下萤萤的脑门儿。

下午的时候他们来到一个集市，方文海在纷乱的人群中意外地发现了金哲，他好像在卖布匹，此时正与一个顾客低头讨论着什么。方文海差点兴奋地叫起来，他走到那个摊前，笑着问："布匹多少钱一米，我要一万米！"

跟在方文海身后的李微苋惊讶地看着方文海，轻声说："你疯了吗，一万米？"

金哲听到声音，抬起头来，刻意忍着笑说："十万黄金我就卖你！"

"金哲兄弟！"

金哲几乎是从台子后面跳出来，笑着喊："海！"

他们紧紧地拥抱在一起，好长时间他们才松开对方。方文海拍了一下金哲的肩膀问："你怎么在这儿？"

"我妈妈病了，我回家才发现，所以我决定留下来照顾妈妈，可惜没有办法和你们联系。"

"我以为你上次死了呢，那次逃跑时我看到两具尸体，我的心就被吊了起来，不知道是谁。"

"我不知道，我一直跑到破庙的后面，接着就听到破庙那里传来一阵射击声。"

"也许是叶扬，我在地上捡到了他的记事本。"方文海担心地说。

金哲这时候看到方文海身后还有三个人，于是便向他们点了下头，问方文海他们是谁。方文海说："这事说来话长，找个地方慢慢跟你说。"

“走，到我家去。我和妈妈提起过你，她也很想见你呢。”

于是众人便跟着金哲回家，一个白色墙体的小屋，几个人一进去里面就显得格外拥挤。里屋有女人的咳嗽声，大概就是金哲的妈妈。金哲进去一会儿，然后到外屋对方文海说：“我妈妈想见你。”

方文海进了里屋，里面的摆设简陋而整洁，一个枯瘦的女人坐在床上，腿裹在棉被里。方文海急忙走过去，亲热地喊了一声：“金妈妈！”

金妈妈笑了，她慈祥地抚摸了一下方文海还有些稚气的脸，问方文海：“辛苦吗，孩子？”

方文海摇摇头，窗外几只扑腾的母鸡分散了他的注意力，几秒钟之后他竟忘了自己为何而摇头。金妈妈的咳嗽声掩盖了外面萤萤和李微苋的嬉笑声，金哲连忙过来扶住她，使她剧烈颤抖的身体得以平复。

“今天很高兴，”金妈妈说，“今晚为你们做点好吃的，毕竟是过年嘛！”

方文海连忙说：“不要麻烦了，我们随便吃点干粮，这样的环境下在心里面过过年就足够了。”

“这怎么行？难得来一次，一定要的。家里还有两只母鸡，金哲，你去把母鸡杀了吧。”金妈妈笑着让金哲赶快去，方文海站起身，拉住金哲说：“真的不用了，我们哪敢想吃什么鸡肉，吃点鸡蛋就行了。”

金妈妈一边艰难地起身一边说：“千万别客气，你总得让我们一起高兴高兴吧。”

方文海拗不过金哲，心里很是难受地让金哲准备晚餐。等金妈妈起来，方文海又一一把外屋的萤萤、李微苋和徐伯介绍给金妈妈认识。大家围在桌子边谈一些有趣的事情来掩盖身边这糟糕的战争。

日薄西山的时候，这个叫作三里堂的小村子来了一个男人，他粗糙的外貌并没有引起大家的注意，可是他的黑背包却引起了人们的注意。他在村子一个稍显热闹处，把黑背包放在地上，那里面全是些新鲜玩意儿。有晶莹剔透的手镯、包装精美的胭脂、精致的手表，还有装上电池就可以闪光的玩具，这些大都是走私货。那男人很快就被人们围得水泄不通了。吃晚饭前，李微苋和徐伯也去那里挑选了些小玩意儿，而这在方文海看来只是在浪费钱。方文海则利用这段空闲时间洗了一个澡，金哲烧了两锅水给方文海，这让方文海舒服得有些忘形。

晚上的菜很丰盛，但是大家都知道这是金哲家最后一顿丰盛的菜肴，都有些不忍心动筷子。主人殷勤得很，一个劲儿地劝吃。萤萤的天真稚嫩使得吃饭的气氛很轻松，大家不断地和萤萤开着玩笑。

吃过晚饭，方文海和金哲聚到一起谈论战争的局势，方文海和金哲都认为这场战争将持久而艰苦。金妈妈抱着萤萤，和李微苋、徐伯谨慎地客套着。

第二天一早，方文海昏昏沉沉的，竟起不了床了，他感觉自己就好像掉进棉花堆里一般，浑身没力。他想也许是昨夜受了风寒，也有可能是这几天营养不良。萤萤哭着把所有人都喊了过来，金妈妈说可能是受了风寒，烧了一碗姜汤给方文海喝下，可惜不见什么好转。方文海一直昏昏沉沉地睡到了晚上，迷迷糊糊中，他看到林嘉柔在朝他微笑，那是天使般的微笑——温柔而甜美。那张脸在他的脑海中浮现了片刻，又像玻璃一样破碎。他禁不住喊："嘉柔，嘉柔别走。"朦胧中，一只温暖的手紧紧地握住他冰冷的手，暖流一直流到他的心里。

泪水从方文海的眼角流出，像蜗牛那样在他俊朗的脸庞划出一道忧伤的泪痕。

流泪的人还有一个，正是握着方文海手的李微苋。她钦佩方文海对爱情的忠贞，她长这么大第一次明白什么是爱，而她还从方文海身上看到了什么是信仰。她慢慢地意识到自己正悄悄地喜欢上眼前的这个中国少年。

等方文海真正清醒过来的时候，已经是翌日傍晚。他睁开眼睛后的第一句话就是"水"。他喝了足足两大碗水，当金哲高兴地舀来第三碗水的时候，方文海笑了笑说："不用了，金哲兄弟。"

听到动静冲到屋子里的萤萤站在床头笑着说："你醒了？你怎么睡这么久？"

金妈妈笑着拉住萤萤说："哥哥累了，送你这个小公主回家把哥哥累坏了。"

萤萤想到了她的爸爸，她想方文海会不会也像爸爸那样。于是她犹豫了一下说："那……那我们不回家了。"

方文海摸了摸萤萤的头说："傻丫头，金妈妈骗你的。哥哥只是困了，睡得时间长一点而已。我要送你回家，不，我们要一起回家。"

金妈妈叹了口气把萤萤抱走了，方文海这时候才感觉少了什么人。李微苋和徐伯哪儿去了？于是他坐起身问在一旁热粥的金哲："怎么没有看见李微苋和徐伯？"

金哲回了一下头，突然想起什么似的说："哦，忘了跟你说了，他们走了。"

方文海不敢相信自己的耳朵，惊讶地问："走了？"

"是的，他们走了。李微苋说她本来就不应该闯入这里，她和我们不是一类人，还说这里没有她所牵挂的东西。"

方文海愣愣地看着一根棉被上冒出来的蓝线头，心里若有所失。就在这个时候，金哲把一碗热气腾腾的粥端到了方文海的面前，他喊了两声，方文海才从发呆中惊醒过来。方文海用两只手捧着热粥碗，一股暖流流淌到心里，这种感觉似曾相识。

“李微苋在你昏迷的时候一直照顾着你，替你擦汗、敷热毛巾，一直坐在你身边，握着你的手，轻声呼唤着你的名字。”

“她说她要去哪儿了吗？”

“她说她要回汉城，那里有亲戚。也许她心里怎么想，你应该很清楚。”

这句话深深地扎进方文海的心中，他抬起头透过柚木窗户看着外面有些迷离的夜晚，星星纷乱地挤满天空。

第八章　梦幻般的重逢

李微苋走后的第二天，方文海决定去找李微苋。她和徐伯不认识路，他们能走回汉城吗？反正方文海此刻什么都不顾，他自己都说不清自己为何要这么坚持。他想把萤萤留下给金妈妈照顾，等找到李微苋再回头送萤萤回家。但是金妈妈和金哲都坚决不同意，他们认为方文海的病刚好，身体还很虚弱，不适合跋山涉水地赶路。况且李微苋在汉城有亲戚，只要他们问路走回汉城就行了。后方的人民军和志愿军很少，而且他们也没有能力识别李微苋是韩国官员之女。

方文海却有一种预感，他觉得李微苋会有危险。所以他偷偷地离开了金家，往汉城的方向赶。他尽量走公路，他经常像赌博一般选择该走哪条路。这么一直走了半天，他的体力渐渐透支。他凭着意志一步一步地艰难前进，他预感到一件事，那就是李微苋会有危险，她在未来的某一个时间等待着自己的到来，等待着自己的帮助。

当天晚上，方文海走到了一个废弃的阵地上，地面上坑坑洼洼的，阵地的上空似乎还弥漫着嚣张的战争之气。方文海出现了幻听，他听到了呐喊声、冲锋声、枪炮声、呻吟声还有惨烈的哭喊声，他还看到两队人在阵地上拼命厮杀，人们面目狰狞。

方文海还听到女孩的啜泣声，这也是幻听吗？方文海问自己。不过那声音真实得不容置疑，这是真的，有女孩在哭。方文海循声望去，声音是从一个暗堡里发出来的，这个暗堡有两个卡宾枪那么高，表面圆滑得有些吓人，颜色是那种死灰色，暗堡的一角已经被炸开一个大洞。方文海踩着泥轱辘向暗堡走去，哭声不知道什么时候停止了。他用手抓住断壁残垣，用力一蹬，爬上了洞口。刚跳进暗堡还没站稳就被当头一棒，方文海本能地抓住木棍，很轻易地就从对方手中夺了过来。正要反击的时候，方文海惊住了，面前不正是他在苦苦追寻的李微苋吗？而她似乎并没有认出他来，只是发了疯地拽扯着方文海的衣服。方文海抓住李微苋的肩膀，使劲儿地摇晃着她，大声喊："李微苋，我是海，方文海。"

李微苋愣住了，她仔细地看着方文海，突然放声大哭，扑进方文海的怀里。方文海先是有些不知所措，不过他知道自己已经对李微苋产生了爱意，但是他不确定的是他是不是把李微苋当作林嘉柔的替代品。此时此刻他想不了那么多，他紧紧地搂住李微苋。李微苋不停地哭，她似乎受了很大的委屈，方文海不忍心去问。

过了很长时间他们才松开对方，李微苋凝视着方文海问：“你怎么会在这里？”

“我预感你会有危险，所以我来了。我相信我一定能够找到你，所以我找到了。”方文海老实地说。

李微苋听了这句话，内心充满感动，她再一次流下了眼泪。

“怎么了？”

李微苋哭着说：“徐伯死了！”

方文海惊诧地问：“怎么死的？”

“他去盛水给我喝的时候被地雷炸死了，他还没走多远，我就看见他被炸得血肉模糊。我第一次看到死人是如此恐怖，而且是我最爱的徐伯。”李微苋说完，掩面而泣。

方文海把李微苋拉进自己的怀里，让李微苋把头埋在自己的胸膛。他不停地安慰着李微苋，但是他笨拙的言辞让李微苋哭得更伤心。等李微苋哭够了，她才想起徐伯的尸体还没有埋。方文海怕李微苋触景伤情，于是让李微苋远远地看着，由他来掩埋尸体。

徐伯的尸体真是惨不忍睹，简直就像一个血人。方文海用木棍挖土的时候，抬头望了望李微苋，她正悲伤地看着自己。当方文海把尸体往坑里拖的时候，李微苋用手捂着嘴，尽量不让自己哭出声音。突然，她奋力跑到近前，跪倒在地上，呼喊着徐伯的名字。方文海劝了几句，把她拉开，然后他开始抓着土往徐伯的尸体上撒，李微苋一边哭一边也抓起土往尸体上撒。方文海轻轻地哼起了歌曲——

岁月随风飘扬
老去的青春，别哭
我们把歌曲唱上蓝天
孤独流浪天涯
结冰的火焰，别哭
我们把歌曲唱遍人间

歌声在新坟上萦绕，为方文海和李微苋抵挡寒冷、恐惧和伤心。李微苋决定不去汉城了，她要和方文海一起送萤萤回家。李微苋还生硬地开了个玩笑说方文海是护送大使，送完萤萤，也得把她送回家。方文海无奈地笑笑，毕竟萤萤和李微苋还算幸运，至少她们有家可回，那些无家可归的人是多么可怜。更可怜的是那些有家的人战死在沙场，只能灵魂回到家，看看苦等的妻子，还有伤心的父母。他想到了蓝腰带，想到了那个朝鲜老人。

回金家的路上，一辆吉普车从他们身边匆忙地迎面而过，却又吱嘎一声骤然停住。一个男人的声音追着方文海："小子，还记得我吗？"

方文海回头一看，居然是久别的英雄团的许团长，他从前排座位上站起来回头看着方文海笑。方文海高兴地跑上前，行了一个标准的军礼，笑着说："许团长，您怎么会在这里？"

"哦——我们刚从前线撤下来了，伤亡很惨重，在前面休整。我们前些时候都是饿着肚子打仗，现在到了后方还是吃不饱。筹粮官筹了半天也不见一粒粮，他奶奶的，老子就不信了，怎么就筹不到粮？我就是到前面筹粮食的，实在不行，向那些朝鲜百姓借点米。战士们都快饿死了。"

"这么严重吗？"

"我也是糊涂了，跟你这小鬼说这么多干吗？对了，你怎么在这儿，文工团不是在前线吗？"

方文海简单地把最近发生的事情告诉了许团长，许团长对这些并未表达自己的看法，似乎是在听一个路人讲忽远忽近的传说。他把目光落在离方文海不远处的李微苋身上，她正看着这边。许团长扬了扬手问："那个女孩是谁？"

方文海回头看了一眼李微苋，说："她是普通的朝鲜百姓，正好顺路，所以结伴同行。"

许团长盯着李微苋看了良久，然后带着询问的口气问方文海："她是不是有点像你的那个小老婆？"

方文海思考了一下，肯定地说：“不像。可能是您奔波劳累，眼睛看花了，其实她一点儿也不像林嘉柔。”

许团长有些怀疑，问道：“是吗？”

“是的，真是您看花了。”

许团长的小警卫员不失时机地说：“我说是吧，您老该休息休息了。一天到晚忙个不停，什么事情都要亲自操心。”

方文海很感激这个小警卫员岔开了许团长的思绪，果然，许团长把话头又转向最近烦心的工作之上。说了好一会儿，许团长觉得应该尽早去办筹粮的事情。走的时候，许团长突然发现了方文海腰间的蓝腰带，因为破棉袄上系着一条蓝腰带很扎眼。许团长问：“你系这腰带干什么？简直是太丑了，像什么样子！”

方文海说他系这个腰带并不是为了图好看，这腰带有着很深的意义，于是他又把那个朝鲜老人的期望说了出来。许团长沉默了好一会儿，一句话也没有说就命令司机开车走了。看着绝尘而去的吉普车，方文海大声喊：“许团长，保重。”

李微苋并没有问方文海许团长的任何事情，倒是方文海讲了很多关于许团长的故事，说他如何勇猛，如何大大咧咧。李微苋并没有从徐伯去世的悲伤中完全恢复过来，脸上的笑容像冬天里的好天气那样稀少。

因为认识了路，回金家倒是很顺利，半天的时间就到了。

金妈妈和金哲少不了要责怪方文海几句，听说徐伯死了，他们也不愿多说什么了。萤萤和方文海格外亲昵，在萤萤面前，方文海就是一个孩子。

金妈妈留方文海住了几日，这几日方文海想了很多。等把萤萤送回端川，他就回去找部队，他怀念在歌舞分队的那些日子，那些人，那些事，像爱尔兰咖啡那样浓郁得让人心醉。他决定尽早上路，待在金家已经给金妈妈添了很多麻烦。于是他向金妈妈告别，金妈妈再三挽留，但是方文海已经决意要走。金妈妈非要让金哲一起去。她说她的身体已经好得差不多了，不需要别人照顾，倒是方文海他们人生地不熟的，需要有人照应。金哲也愿意一同前往，但是又有些担心母亲的身体。最后在金妈妈的坚持之下，他还是与方文海他们一起离开了家。

说实话，有了金哲的带领，路的确好走了一些，金哲对山路和方向的判断能力令人称奇。他可以在丛林中利用各种自然现象辨别方向，他也可以不走公路找到近便的山路。

他们就这样不停地赶路，这些天还下起了雨，他们不得不找地方躲雨，如果把棉袄弄湿的话，就别想轻易弄干了。为了防止突如其来的雨，金哲找了一大块旧油布。这些天他们一直住在一个废弃的配电房里，四周的几座房子都被炮弹毁坏得残破不堪，已经没有人住了。他们住的配电房倒像是得到了上苍的特别眷顾，并没有遭到很大的损坏，至少可以让流浪的人暂做栖身之所。

他们会一字排开坐在门槛上，看着雨水从屋檐上连滚带爬地跌落下来，看着远方发呆几乎是他们雨天的主要消遣方式。有的时候为了逗萤萤开心，方文海、金哲和李微苋会陪她捉迷藏，不过配电房里能躲的地方很少，这样也好，萤萤在捉到人之后会得到很大的满足感。晚上，方文海和金哲会下几盘“军棋”，所谓的“军棋”就是用树枝在地上画好线，棋子用各式各样的石块代替。

离开配电房的时候，方文海有些不舍，他隐隐地感觉到安定的日子是那样珍贵，他需要这样的日子。平静的生活就像在天堂一样，人们可以坐在院子里的石桌前喝一口香气怡人的热茶，鲜花在院子里怒放，鸟儿在枝头歌唱。孩子们放学回家，把书包扔在松软的大床上，拿起网兜到屋后捉蝴蝶。人们可以和自己的爱人在周末的时候去看一场甜蜜的电影，看完电影，散步回家。孩子已经睡着，父母轻轻地在他的额头上亲一口。如果每天可以这样，那简直就是天堂般的生活。

没多久，雨来了，事先没有任何征兆。金哲很快就用旧油布搭了一个油布棚，四个人钻进油布棚里，蹲在地上。萤萤靠近油布棚边上蹲着，她把小手伸到外面，雨线在她的手心里折断，溅起的水珠带着美丽的光泽滑落到地上。

“萤萤，别把袖子弄湿了。”方文海提醒她。

萤萤瞪大眼睛，回过头看了一眼，答应了一声：“哦！”

金哲对方文海说：“海，你看这天气什么时候会变好？”

方文海朝外面望了望，叹口气说：“不知道，看样子那边的战争越发惨烈了，老天都哭个不停。”

李微苋听了方文海的话有一种刺心的难受，她幽幽地说：“这些天，我看到了很多的朝鲜人，他们勤劳而善良。我们有着一样的血液，一样的眼睛，一样的语言，一样的文化，可是我们却举起枪对着自己的兄弟姐妹，这简直让人无法想象。”

很少和李微苋说话的金哲接着说：“我想起莎士比亚说过的一句话，少量的邪恶足以勾销全部高贵的品质。我有时甚至憎恶人类，他们像狼群一样。”

方文海没有说话，大家都沉默了，外面的雨越下越大。

雨停的时候，他们又继续赶路。接下来的几天都是好天气，阳光洒在脸上让他们感觉有些奢侈。他们趁着这样的好天气加快步子，多走些路。

一天，他们在一个路口看到一伙强盗在抢劫一个迁移过来的大户人家。方文海和金哲让李微苋带着萤萤躲到一个安全的地方，然后他们走上前与强盗搏斗。但是他们哪里打得过彪悍的强盗，很快他们就落了下风。方文海从腰间拔出手枪，向扑在他身上的强盗开了一枪，随即又向金哲四周的强盗开了几枪。其他的强盗停下抢夺财物，怔怔地看着方文海。金哲大声喊："都别动！"然后他上前缴了其中一个强盗的枪，另外几个强盗身上没有枪，只有那种海盗刀。接着，金哲走到配枪的强盗面前，用手枪柄狠狠地打了那人一下。"妈的，国难当头，你们还有心思打劫？是男人就把你们的劲儿使到战场上！"

方文海和金哲商量了一下，还是决定把他们放了。金哲对这些人说："去告诉你们的头头，别干这种丢人的勾当了。滚吧，把这句话完整地捎过去。"

方文海和金哲回头去找李微苋和萤萤，可是李微苋和萤萤却不见了，两人焦急地四处寻找。正当两人着急的时候，一队人马杀气腾腾地朝他们的方向奔过来，两个人像是预感到了什么，垂手而立，看着眼前尘土飞扬。

为首的是一个骑鬃毛大马的大汉，他袒露着胸膛，一副豪放不羁的样子。后面跟着两个骑马的，其中一个是刚刚被金哲用手枪打过的那个人。其他的人或拿着枪，或提着刀，在后面与头领们保持着距离。后面两个骑马的人已经用老式步枪瞄准了方文海和金哲。带头的大汉冷笑了一声，偏过头问身后的那人："就是他们吗？"

后面的那人向前伸着头说道："大哥，就是他们！"

带头的大哥从马上跳下来，方文海死死地盯着他。他慢慢地走到方文海面前，忽然使劲儿地给了方文海头部一拳。方文海和金哲刚想反抗，就听骑在马上的一人喊："都别动！"然后他们就听到萤萤的哭声，抬头看，李微苋和萤萤被人从那队人马的后面押到了前排。

带头的大哥阴沉地笑了笑，别有用心地鼓起掌来。"精彩，精彩，让我来为你们的重聚增加点节目。"说完他迅速地拔出自己的手枪，顶住方文海的太阳穴。"砰！哈哈哈！"

李微苋惊声尖叫起来："不要！"

带头大哥回头看了一眼李微苋，阴笑着对方文海说："有趣极了，看样子那女孩喜欢你。不如我们玩个游戏吧。"他把自己的枪塞到方文海手里，继续说，"人生会面临无数个选择，朋友，让你做个选择吧。杀了那个女孩你就会没事，你也可以杀掉那个小女孩，让你的这位兄弟也没事，你选择吧！"

方文海不寒而栗，他望了一眼李微苋，至少有三把枪指着她。如果选择反抗，就算能打死头目，李微苋也活不了。他不敢看金哲，他觉得如果看了金哲，就会破坏他们兄弟之间的感情。他握着枪，进退两难，到底该怎么办？他不停地问自己。

"快一些，我的手下可没有那么大的耐性。我数到十他们可能就会迫不及待地开枪。一！"

方文海紧紧地握着枪。

"二！"

金哲突然冲到方文海面前，举起方文海握枪的手，顶在自己的脑门儿上，朝方文海喊："开枪吧！海，我们今生是兄弟，来世也会是兄弟。今生能有你这样的兄弟我已经知足了，我唯一请求你的是，请你照顾我的母亲，请你一定答应我。"

方文海流下了眼泪，他摇了摇头说："不，金哲兄弟。我不会开枪的。"

"六！"方文海听到了，已经是"六"了。他觉得这个选择题还有一个选择就是不选择，最糟糕的结果就是三个人一起死，但是萤萤怎么办，这些人不会仁慈地送萤萤回家的。"我能不能以我的死换他们两个活着？我答应那个小女孩要送她回端川，我想请他们两人为我完成诺言。"

李微苋哭着喊："千万不要，海，你不能死。"

而这一刻金哲已经替方文海扣动了扳机，方文海惊呼："金哲兄弟！"

但是，金哲并没有事，枪里没有子弹。

带头的大哥又缓缓地鼓起掌来。"好精彩的一出戏，好感人的一出戏。"

方文海近乎咆哮地喊："你到底想怎样？"

带头大哥摊开两手，耸耸肩，说："不想怎样，我很欣赏你们两位，我求才若渴，想请两位入伙。"

后面骑在马上的那人有些气愤，不服气地喊："大哥？！"

“你他妈的给我闭嘴，就是一副找打的脸，尽是给我丢人。”

金哲正义凛然地说：“不可能的，我们不能做土匪。”

“小子，别这么清高，这是个弱肉强食的世界，如果你不主动做一个强者，只有被欺负的份儿。”

金哲冷笑道：“你是在为自己找借口。做强者的方式有很多，如果你以伤害别人的方式做强者，那你一定是一个被噩梦缠身的人。”

“不管你怎么说，反正你们两人我是要定了。”带头大哥转身跨上马背，用缰绳掉转马头。“我想你们不会不跟来的吧，一个漂亮的女孩，一个可爱的小姑娘，满口仁义道德的你们不会扔下她们不管吧，哈哈哈！”

他说得没错，方文海和金哲远远地跟着他们。他们穿过丛林，踏上了一条山路。这条路像蛇一样缠绕着山体。顺着山路走上去，他们远远地看到一块平地上有一个木质结构的山寨。根据山寨的结构可以判断这伙人以前可能是参加过战斗的，因为这个山寨像极了一个兵营。东西方向各有一个哨塔，下面有暗堡。里面的房子也很讲究，两排房子相对排开，如果有什么动静，房子里的人都能互相策应。

方文海和金哲决定到了晚上偷偷地混进去，然后想方设法救出李微苋和萤萤。等待天黑的过程漫长得让方文海心烦，也不知道过了多长时间，天终于黑了。于是他们便躲避着哨塔上的探照灯，小心翼翼地向山寨靠近。

混进山寨的过程并没有想象中那么难，不过进了山寨，他们却犯难了，李微苋和萤萤到底被关在哪间房子里呢。正当他们为难的时候，旁边的一间屋子里突然传来重物坠地的声音。于是他们摸索到这间屋子的窗户上，从一个小缝隙里，他们看到李微苋和萤萤被绑在一起，嘴里塞着棉布。他们赶紧从门口进去。这间屋子并没有人把守，而且门还是开着的。方文海隐隐感觉有些不对劲儿，但是现在也顾不了许多了。他们解开绑着李微苋和萤萤的绳子，拿开她们嘴里的棉布，李微苋哭着抱住方文海。

“好了，没事了。”方文海安慰她。

“海，你觉不觉得有什么地方不对？”金哲担心地问。

方文海说：“不管怎样，大家现在都安全，我们得赶快离开这里。”

当他们刚冲进院子的时候，山寨的灯突然全亮了，大功率的探照灯把山寨照成了白昼。土匪把他们围成了一个圈，冷冷地端着武器。带头大哥从人群中走出来，鼓掌道：“欢迎光临，怎么来了也不通知我一声，我好隆重地接待二位。”

方文海和金哲被抓了起来，他们被关进另一间屋子。这间屋子白天也没有一丝阳光透进来，让人心烦。到了第七天，他们被带到一个稍大的房子里，带头大哥已经坐在狼皮椅子上。

“这几天过得还好吗？”带头大哥笑着问。

“托你的福，过得还不错。”方文海带着嘲笑的口吻说。

“听你的语气好像过得不怎么舒服。”带头大哥回头对身边的人说，“怎么搞的？让你们好好照顾我的客人，怎么能让他们受苦呢！”

方文海不耐烦地说：“有话快说，有屁快放。”

带头大哥忍住怒火，强笑道：“怎么还这么大火气？今天请你们来是想给你们一个任务，我要你们帮我杀一个人。”

金哲“呸”了一口，狠狠地说：“别做梦了，我们是不会帮你杀人的。”

“先别着急回答，我还没有说条件呢。只要你们杀了他，我就放了那个漂亮姑娘和可爱的小女孩，你们也可以走。”

方文海和金哲不说话了。金哲怕方文海动摇，对方文海说：“海，别听他的，他们这些人说话不算数的，而且我们不能为虎作伥。”

方文海沉默了一会儿，对着带头大哥冷冷地答了一句：“好！”

带头大哥一拍椅子扶手，站起来说：“好，我就知道你们会答应，干大事嘛，别讲什么假正义。”

金哲拉了拉方文海说：“海，你疯了吗？”

方文海不管金哲，走上前问：“杀什么人？”

带头大哥搂着方文海的肩膀说："这个地区的一个政府领导人，他已经围剿了我们很多兄弟。"

方文海问了详细的情况之后，对带头大哥说："我有个要求，先放了金哲和那个小女孩，我答应过那个小女孩，我要送她回家。也许我没有那样的机会了，但我想让金哲帮我实现。"

"不行，你们两个人我都要了。我可以答应你，放了那个小女孩，不过由谁送她回家，那我就不管了，反正金哲不能离开。"

方文海知道再怎么说，也是没有用了。当方文海和金哲转身要出门的时候，背后传来了带头大哥的话："好好准备吧，完不成任务你们知道后果。"

现在，已经没有人看着方文海和金哲了，他们可以在山寨里自由走动，萤萤也被放了出来。金哲问方文海是否真的要去杀人，方文海摇了摇头，他自己都不知道现在摇头到底代表着什么。

晚上的时候，方文海终于知道自己应该做什么了，他对金哲说："你带着萤萤先走，我救了李微苋就去找你们。"

"不行，太危险了。你根本救不了李微苋，只会搭上自己的性命。要死我们就死在一起。"

方文海抓着金哲的肩膀问："那萤萤怎么办？她还这么

小，你忍心让她和我们一起死吗？而且你还要照顾你的妈妈，难道你忘记了吗？”

“但是……”

方文海叹口气说：“已经没有但是了，这也许是最好的办法。相信我，我一定会珍惜自己的生命，我一定会和你重逢在金达莱盛开的季节，相信我。”

事情就这样决定了，金哲带着萤萤先走。虽然金哲极不情愿，不过正如方文海所说，这可能是最好的办法。怎么下山是个问题，下山的路已经被封了，山下到处都有山匪巡视。只能从后山下山，后山有一条大河，不过河流很急，根本过不去。思前想后，方文海决定利用这几天带头大哥让他们准备的时间，造一个简易的木筏，顺流而下。这几日，他们利用各种理由偷偷地跑到后山去砍树造筏。三天的时间就把木筏造好了，他们把木筏系在河岸边，准备第二天天一亮就带着萤萤离开。

第二天一大早，方文海和金哲就起来了，他们带着萤萤朝后山跑。很快他们就来到了河边，金哲和萤萤刚上木筏，就听到远处一声枪响。他们抬头望去，在不远的崖顶，李微苋腰间系了根绳子，她的身后是带头大哥和一帮土匪，带头大哥的手枪举过头顶，对着天空，很显然，那一枪是他放的。带头大哥一脸得意的笑，他大声地朝方文海和金哲喊：“我们再来玩一个游戏。”他一挥手，后面的人就把李微苋推下了山崖。方文海大声地喊："不要！"有四五个土匪拉着绳子，李微苋悬在空中。带头大哥继续大声喊："不如我们一起割绳子，好吗？哈哈哈！"带头大哥蹲下了身子，用刀在绳子上来回划了划，露出一张狰狞的脸。

方文海低头看了看系木筏的绳子，他再一次被逼着做人生中最难过的选择。萤萤被吓得哭了，这哭声让方文海觉得这空气里充满了悲壮。怎么办，到底该怎么办？他心乱如麻，没有头绪，大脑一片空白。他甚至想这一刻如果能够永远延续下去就好了，他没有勇气做这样的选择题。就在这个时候，他听到李微苋的喊声："海，我爱你！"那是一种凄美的声音，虽然他看不清她脸上的表情，但是他能感觉到她是微笑着喊的。方文海看到李微苋做出解绳子的动作，他惊声叫道："不要！"就在他的声音刚刚迸出时，李微苋的身体已经离开了绳子的束缚，开始急剧下坠。山崖上拉着绳子的土匪全部跌倒了，带头大哥预感到什么，急匆匆地跑到崖边，向下张望，可惜他什么也看不见了，只有一条孤零零晃动的绳子。

方文海浑身在发抖，他看到太阳从李微苋掉下去的地方升起。他的脑袋里一片空白，金哲把他拉上木筏，割断了绳子，木筏顺着水流，迅速往下游漂去。

人群渐渐消失了，山崖也变得越来越小，直至全部消失，伴随着的还有李微苋的微笑。

方文海蹲在木筏上，双手掩着脸。萤萤哭着叫“姐姐没了”，方文海把萤萤揽在怀里，失声痛哭。金哲用木棍控制着木筏的方向，心情沉痛得不知道该说什么，眼角的泪水不由自主地流了下来。

两边的青山屹立着，水流声不绝于耳，捕鱼的老人唱起了《桔梗谣》。那动听的旋律像是天籁之音，把听者的灵魂叫醒。方文海静静地感受着周围的一切，他现在才知道他爱上了李微苋，只是他一直不敢承认，他总是认为自己是因为爱林嘉柔才去爱李微苋的。但是他现在终于明白，其实爱很简单，很单纯，只是自己把爱想得太复杂。

方文海站在木筏的尾端向后面大声地喊：“李微苋，我爱你！”喊完，他哭得更加伤心了。

上了岸，他们继续往端川走。不过方文海和金哲都没有好心情，要不是萤萤随处流露的可爱，恐怕他们没有毅力走到端川。这些日子以来，他们不断地问路，不断地搭顺风车，终于到了端川——一个美丽的海滨城市。根据萤萤的描述，他们在地方政府工作人员的协助下，终于找到了萤萤的母亲。

萤萤的母亲看到萤萤的时候，激动得放声大哭，她紧紧地抱着萤萤，萤萤也紧紧地抱着她。看到这番情景，方文海也掉下了眼泪，并露出了这些日子以来的第一抹微笑。萤萤的母亲拿出了家里最美味的食物来招待方文海和金哲，口中不停地向他们两人道谢，她认为方文海和金哲是上帝的使者。方文海感到帮助别人是多么幸福的一件事情，至少他从这件事情上感受到了一丝幸福。

萤萤的母亲要留方文海和金哲住些日子，方文海答应了。一方面，这些日子的确是太累了，他们需要休息一段时间；另一方面，他和萤萤相处了这么长时间，也有了感情，让他突然离开萤萤，他还觉得有点不习惯。金哲也愿意留在端川一段时间，到处看看。

在端川的生活平静而美好，萤萤的母亲把方文海和金哲当作自己的孩子那般看待，他们相处得就像一家人一样。在端川，方文海还听说了一件有趣的事情。他发现自己在街头走动的时候，很多人对自己另眼相看。于是他问别人怎么回事，一打听才知道，他们是对方文海系的腰带感兴趣，原来，前线战场上出现了一个蓝腰带团，他们杀敌勇猛，立了很多战功，他们的故事通过电台、报纸传遍了朝鲜。方文海知道那一定是许团长的英雄团，因为他上次和许团长说了蓝腰带的故事。方文海脑海中不断地闪现出这样的场景：无数人系着蓝腰带，带着一个普通朝鲜老人的心愿在战场上杀敌。那是多么壮观的场面，一片蓝色，像海水那样涌向敌人。他们系着蓝腰带，杀着敌人，并用无声的语言寻找着那个朝鲜老人日夜思念的儿子。

在端川，方文海还得知了一件意料之外的事情——李微觅没有死，她还活着。那天他在和萤萤嬉戏的时候，上山打猎的金哲满面红光地跑回来，兴奋得说不出话来："快，快……"

方文海忙问："怎么了？"

金哲努力使自己平静下来，说："李微苋没有死，她回来了。我在山上看到她朝这边过来时，我先是不敢相信，跑上前才知道自己并没有眼花，的确是李微苋。原来，她那天掉下山崖受了重伤，幸亏被一个砍柴的老人及时发现，经过那个老人的悉心照料，她终于苏醒过来。养好伤之后，她就一路打听着赶了过来！"

方文海简直不敢相信自己的耳朵，他一遍一遍地问："是真的吗，金哲兄弟？"

"是真的，一切都是真的。"

方文海像箭一般冲进树林，往李微苋来的方向跑。在一片金达莱花盛开的地方，他远远地看到了李微苋，他感觉自己像做梦一样。太阳光倾泻在这片金达莱花上，蝴蝶纷飞在花丛之间。他们微笑着向对方冲过去，紧紧地抱在一起。

"我是在做梦吗？"

"不，海，你不是在做梦。"

"这简直和做梦一样，无数的夜晚我都做过这样的梦。我害怕这又是一个梦。"

"你没有做梦，这是真的，我们都活着。"

“再也不要离开我！”

“我再也不会离开你，我要和你永远在一起。”

梦幻般的重逢，让方文海一连几日都不敢相信那是真的。但是一切都是真的。

后　记

“后来呢？”

“后来，金哲回了家，我又找到了文工团，向孙团长报告了我的经历。经过组织考察，我被批准返回部队，继续当我的文艺兵。李微苋就是你的奶奶，她后来跟我回了国。我们家院子里有柔软的青草和各种颜色的花，门前有一棵枝叶茂密的老树。傍晚的时候，李微苋会坐在院子里的秋千上写日记。‘文化大革命’的时候，她父亲通过外交渠道把她接回了韩国。”

“后来你们一直没有联系吗？”

“是的！”

“你想奶奶吗？”

“孩子，睡吧。故事就讲到这里了。”

方宇看着方文海的背影，他的背影是那样忧愁和哀伤，他知道有些事情是人们永远抗争不了的。